永未散场的青春

苏先生 —— 著

一未文化　　非同凡响

北京一未文化传媒有限公司
www.bjyiwei.com
出品

献给我的朋友 WSW（1987—2014）
献给我们短暂的幻梦和漫长的生活

> 有时,我们会回想起我们人生的某些片段,
> 我们需要证据来证实我们没有做梦。
>
> —— 帕特里克·莫迪亚诺

目 录
CONTENT

序文

第一章　2020年 照片

第二章　2006年 入梦

宿舍　// 009

宋明楚　// 011

张子健　// 018

吴越　// 020

第三章　2007年　酣梦

钟离　// 029

手机　// 033

心脏　// 041

白真　// 045

张娟儿　// 048

范麦银和谷馨　// 053

第四章　2008年　客梦

贾欣　// 057

涛子和强子　// 062

宣传单　// 067

高考　// 069

骗局　// 071

第五章 2008年 碎梦

钟离 // 077

传单 // 078

张娟儿 // 084

台秀竹 // 088

何小红 // 097

秘密 // 101

消失 // 105

第六章 2008年 别梦

校区 // 111

杨歌 // 114

事业 // 119

崔胥 // 121

杨歌 // 129

第七章　2009年　迷梦

初夜 // 137

职场 // 144

同居 // 149

杨歌 // 153

寺庙 // 155

面试 // 157

第八章　2010年　幽梦

网站 // 165

盗版书 // 169

杂志 // 176

新媒体 // 181

合租 // 185

精英 // 189

报纸 // 192

第九章　2010年　幻梦

章鲜 // 199

钟离 // 205

第十章　2014年　梦征

番外　2016年　独梦

附：每个人的后来

序文

/ 1 /

每当有人问我"人生有什么意思？""活着到底为了什么？""这么活着到底有没有价值？"等这些很大的问题的时候，我总会想起我的朋友钟离。

当我们看不清楚自己的生命时，我们可以看看那些以我们为参照物的人。

钟离曾经对我说过，很多人的生命越长越有意义，但是他的生命有限，所以他着急在有限的生命里干出一些名堂。

一直到他的葬礼上我才明白他的这句话的意思。

/ 2 /

我不是一个诚实的人，至少我对自己不诚实。

这一次，我打算对自己诚实，交代一些不合时宜的过往事情和秘密。我不知道这些事情有没有意义，值不值得反思，能不能总结出一些人生道理留着后用，唯一能肯定的是这些确实是事实，记忆是会撒谎的，但羞耻不会。

2019年的每个周日夜晚，我都报复性熬夜，刷短视频，看电影，以弥补被工作挤掉的属于自己的时间，然后每周至少会产生一次辞职的冲动。这一年我突然有了睡眠障碍，之前喜欢睡觉的我突然睡不着了，整夜整夜没有觉，这令我无比惶恐。有些人认为我走上了正路，而有些人认为我对生活妥协了，于是在别人眼里我是傻子的同时也是良人。

我的心脏在这一年也出了故障，有好几次心脏停搏后，我似乎看见了死神。它站在星光下向我招手，我犹豫不决，在最无助的时候，我就会想起我的兄弟钟离。我经常梦到他，他经常问我："大海，你过得还好吗？没有被生活糟蹋吧？"我就会哈哈大笑，然后给他说："被糟蹋得不像样子了。"他就站在我对面点上一根烟，然后吐出烟圈，像个先知。我烦死了他这种姿态，但又佩服得五体投地。

我从梦里醒来，然后思考：钟离算是酒肉兄弟还是朋友？仔细咂摸后，我觉他是朋友，是那种人生不可多得的朋友，甚至是导师。

我回头去想，我们这群外地来的人，都是从宽阔的童年跑到了狭窄的小路上，跑进了大城市的控制中，但这别无选择。

我们同样追求完整生活，追求灿烂，追求英勇的牺牲精神，只不过我们相比其他人活得悲壮了一些。

我得出一个结论：终有那么一天，岁月会来报复我们，那些日子是我们的病灶，是我们的羞耻区。我最后发现活得最明白的时候就是小时候，长大了后我们从来没有活清楚过。其实活人没什么气节，后来我们都活成了有奶便是娘的主，活不出什么硬度，谁也不敢说大话，顶多被生活烤上了点儿颜色，以为自己是块砖，实际上就是块土疙瘩，一碰就碎。生活这池子水,难蹚。

/ 3 /

我从小接触的世界是靠天赏饭,但谈的第一个女人深受南方生意经的影响,她说:"世界上所有的事情就是交易,以物换物。"后来爱上我的其他女人大多数的生存哲学是靠爹靠妈,直到我遇上一个说世界上的一切东西都是自己去挣的女人,我决定跟着这个女人过一辈子。

在这之前,我还遇到过一些在姿色上很吸引我的女性,她们或多或少在我身上发现了一些优点,并愿意为这些优点和我共度一些时日,是换取精神还是肉体的愉悦没必要细究,但是她们身上的欢乐多于忧愁,享乐多于创造,这和我的喜好相悖。

当有哥们问我"你觉得那个女人怎么样?"时,我总会反问:"这个女人和你有什么关系?会发生什么关系吗?能有多久的关系?"她们往往在得不到她们的人心里是女神,但是在拥有她们的人那里都是带着厌弃情绪的旧人。反之,男人之于女人亦是如此,可能更加恶劣。

/ 4 /

我最佩服的冒险家其实是我的母亲,她曾多次想改变我的命运,改变的方式极其粗暴。她对生活从未感到畏惧,我在自己身上却一直没有找到这种精神。

比如她第一次在电视上看到电脑，觉得这是个未来，于是联系她在城里的姐姐帮我找到了超市收银员的工作。她姐姐说："超市收银员现在都在用电脑收钱。"

那时候我才上小学不久。

后来她在挑水的时候看到了镇政府征兵的广告，于是去拿了入伍的表格让我填写，这一天我刚考完初二的数学考试。

我第一次对未来有想法是在小学五年级的时候，最欣赏我的数学老师问我："你最近的一个愿望是什么？"

他也是唯一一个觉得我是天才的人。

我说："我想上大学。"

数学老师说："这不是最近的愿望。"

我说："这就是我最近的想法。"

他没再说话。

坐在他旁边的他的女儿问他："爸，什么是月亮？"

我看着他，他眉头紧锁，一脸苦相，憋出一句可笑的话："月亮是一个星球。"

他女儿问他："什么是星球？"

他说："星球就是一个球。"

我补充说："月亮其实是一座监狱，里面关了一个女人和一只兔子。"

数学老师对我说："没事了，你走吧。"我看到他厌弃的表情和硬起来的腮帮子以及发黑的印堂正往一起聚集。

我转身的时候，他女儿又问："那月亮上的人是不是我妈妈？"

他说："你妈妈死了。"

他女儿开始哇哇大哭。

/ 5 /

七年后，我费尽心力地到了北京，但再也收获不到别人的赞美，知道自己再也没有得到任何人的表扬的可能，我从小地方的天才少年沦落成了北京郊区一所大学里一名没有任何未来的学生。未来、梦想、财富、女人、远方，这些东西都和我没有关系，我有的是破烂不堪的生活和积重难返的迷茫。

后来的很多年我在北京折腾了不少事，发了不少愿，有些成了真的，有些成了梦。

我是2006年来的北京，因为一场惨败的爱情，逃到北京"避难"，想摆脱之前所有的记忆，继续衣冠禽兽地活着。

如果不是来到北京，不认识钟离这一群活得鲜活的人，我可能还在一座家居城里当保安，现在已经干到了队长的职位，或者因为某天打架发挥超好，被某个老大看中成了一名打手，机遇好的话，可能被冠以"亚洲第一打手"之类的名号，也有可能早早地离开这个世界被埋于黄土之中。总之，我现在还活着，像一个正常人一样。

我们那时候赶上了北京最热闹的几年，也赶上了在北京最不好混的几年。有人拿到了几千万的投资，有人伤心欲绝再也不想踏进北京半步，有人丢了命，有人丢了自己。

我们汗流浃背，挤破脑袋，争先恐后地想在北京折腾，但是北京这地方从来就没有喜欢过我们，我们浮沉坎坷，一腔热血。

第一章
2020年 照片

第一章
2020年 用水

2020年春节期间，全球爆发新冠肺炎疫情。我同学张子健的第二个孩子刚出生不久，他作为医生家属，每天除了照顾孩子外，还负责给妻子送饭，并在微信上给我播报行程。

在此前一个月，我们两个规划了一个春节前的计划：我去和他会合，一路开车到达浙江南部山里的寺庙，在寺庙里住到除夕，坐飞机返回。

这个计划是怎么开始筹备的，我已经想不清楚了，但我们向往的状态是只有两个人，随处可走随处可睡。这些年被纠缠怕了，我们好像都已经很讨厌那种按时按点的计划。

那是一个很平常的中午，我在一个阳光很充足的位置上吃完了一碗面，对面坐着我心仪已久但从未表露心意的姑娘，她是我目前为止遇到的最喜欢的姑娘。她吃得很认真，我早早吃完看着她。我是那么喜欢她，但她从未觉察。我藏着这种心思，以朋友的身份潜在她身边，守望着她，这种感觉让我上瘾。

正当我看姑娘看得出神时，手机响了。

张子健说："大海，我们什么时候去崔胥那里？"

我说："为什么突然要去？"

张子健说："没有为什么，就是感觉该去了，你都三十三岁了，我也三十二岁了。"

我说："我想冬天去，我喜欢下雪天的寺庙。"

张子健说："那我先安排我的假期，你再安排你的，咱们山上见。"

我说："不是山上，是庙里。"

我把手机放回桌子上，抬眼看了看姑娘，她说："你要去寺庙里？"

我说："是的，去看一位老同学，住几天。"

姑娘疑惑地问："寺庙里怎么会有老同学？"

我盯着她说："是大学同学，现在他是住持了。"

手机又响起，张子健说："我问了崔胥，这么些年来寺庙从来没有下过雪。"

我说："好吧，等你的安排。"

我长吸一口气，姑娘迟疑了一下，等我叹完气后追问："你同学出家了？"

我说："我的同学有早早就死了解脱的，也有在寺庙里静心养心的，还有我这种每天朝九晚六晕乎着的。"

我又长吸一口气，看了看她的脸，美好极了。阳光正暖，她面前的那碗面热气腾腾，生活如此庄重，而我们过去的生活那般轻率。

之后因为工作琐事，我没能去成武汉，我们的计划也随之流产。后来的十几天里，我开始昼夜颠倒，时间变得模糊不清，很多人开始走进我的梦中，我开始想念一些人，考虑一些命运。命运如同灰烬，人生就是星火。

我打开手机，看到那张我一直保存着的"杜琪峰式站位"的照片，背景是一栋被涂成粉色的女生宿舍楼，照片左右各有一株刚移栽的树，看不清楚是什么品种。最左边一张长条凳子上，左边坐的是渣哥，他把上衣系在腰上，看上去像穿了裙子，左腿放在右腿上，双手抱着脚，眼睛看着旁边的钟离。钟离双手合十，斜挎着一个黑色的挎包，看着镜头。照片正中间空出来一大片地方，往右是这群人中个子最高的张子健，一身西服，白衬衣加皮鞋，双手插在裤兜里，朝左边斜立，眼睛在看镜头。右边紧挨着的是豹哥，穿着条纹短袖，双手叉腰，像个初中生，一副乖模样。再往右分成了前后两排，后排的两个人坐在凳子上，左边是宁国辉，穿着蓝色高领长袖，像个小老头，眼睛看向钟离，右边坐着胖子童英航，跷着二郎腿，头发被风卷起，看着镜头在笑。前面坐在地上盘着腿的是小羽，满脸大胡子，头正往右要转的样子。他右边，双膝并拢蹲着的是孙红涛，双手握住放在下巴上，像个小姑娘。最后一个只能看见一条腿的是崔胥，他应该是要往右走，结果走出了镜头。

这张照片的作者是我，拍摄于2011年，我一直把这张照片存在手机里。这张照片上的人有的已经离开了这个世界，也有人默默沉溺于这个世界，有些生命很短暂却璀璨。在这些时间模糊的日子里，我来说说这些人的故事。

往事历历在目，我决定就从一个迟来的见面开始。

第一个离开人世间的人是钟离，第一个离开北京的人是宋明楚，第一个出家的人是崔胥，第一个当爹的人是张子健。

后来的这些事，都和我们当初想的不仅不一样，还相差甚远。

那时候长得最土的人是我，我在大二才敢穿上牛仔裤，因为一直认为穿牛仔裤是一个标志，标志自己放弃了自己。最帅的人是宋明楚，最有文化涵养的人是张子健，最有女人缘的人是崔胥，后来最有钱的人是钟离，第一个告诉我们车震是什么感觉的人也是钟离，第一个和富婆交往的人还是钟离。

那是 2006 年夏到 2014 年冬之间发生的故事。

第二章
2006年 入梦

/ 1 /
宿舍

  大学报到的时候，我被安排宿舍的人问道："你是去你们文学院的宿舍呢，还是想去每个学院都凑不整的混住的宿舍？"

  我说："就要去这种啥人都有的宿舍。"

  我就这臭德行，年轻的时候喜欢与众不同，而现在我积极地希望自己和所有中年人一样，睁眼房子闭眼娃。

  于是我被安排到了 501 宿舍，后来我知道了，501 到 506 这几个宿舍，都是每个学院的宿舍安排不了整的，零散的人就都凑到这里来了，一个宿舍里住六七个专业的学生。

  我到 501 宿舍的时候，里面就一个人，这人瘦得厉害，河北人，外号豹子，后来成了研发北京市地铁刷票闸机和银行 ATM 机的高级程序员。豹子其实身板就是个小松鼠，叫豹子纯属吓唬人。

  我们聊了没一会儿，进来一个胖子。在之后的几年里，我们直接喊他"胖子"，以至于都不记得他的真实姓名童英航了。他后面跟着七大姑八大姨的十来号人，这帮人临走前各种安排，这个一句那个一句的，把宿舍变成了早市。

  胖子极不耐烦，没有回应任何一个人。那群人离开后，胖子就直接躺下睡觉了，这一睡就是四年，连下楼打饭的次数都数得过来。他几乎看遍了网上所有热门的玄幻小说，毕业后就回自己家里的药材铺看店去了。最后我听说他觉得自己家的店还得操心，结婚后便找了一个垃圾回收站的门卫工作，每天光着膀子在门卫室里面看小说。

我时常想起他，他在我的记忆里是"扫地僧"级别的人物，因为很多人是向上走的，他是唯一一个向下活着的人，其实我们所有人都是向下活的。

晚上的时候人差不多都到了。

山西的两人组渣哥和小羽，两个烟鬼，后来很及时地发现了半夜卖烟这档子生意，几年时间半夜里整栋楼里面的烟，全部是他们俩贩卖的，还分次把学校的灭火器打包到行李箱里，最后贩卖到了大同市二手市场。

河北的"富二代"孙红涛，喜欢唱歌，从来不说话，最后迷上了网游，花了几十万元买装备，毕业后回家继承了自己家的鞋厂，每年会给宿舍的人带自己家的新产品。

福建的"小老头"宁国辉，年纪不大，长得老相，看上去像个四十岁的老头，毕业后在报社做了几年市场发行的工作，后来进了保险行业，现在朋友圈里全是保险广告。

唯一还没出现的就是我那张空着的上铺的人，渣哥说了，我上铺那哥们一个月前就来学校报到了，不知道什么原因，兴许走了什么后门，军训都无须参加，现在在网吧，每星期就回一次宿舍，有可能回来了我们也见不上，因为他后半夜回来一清早就走了，比上班还准点呢，是个游戏狂人，打算把生命献给网吧。他对网吧要求很高，最近有钱包车去了十几公里外的高级网吧。

这号人我之前见过，但我对这号人不像渣哥说起来的时候那样充满崇拜之意。我高中时几乎每天早操后的工作就是去看看我同桌是否活着，因为他经常消失很长时间去打游戏。刚开始我们班主任还试图拯救他，想把他送到大学的大门里去，他资质颇高，赢得很多老师的青睐，老师们觉得他是可造之才，后来就都渐渐放弃了，只求他别猝死在网吧里。

我每天去他的住处看他躺在床上，便摸摸他的脖子探探鼻息，然后回到年级办公室里报告老师，健在。后来我就懒了，班主任来问我为什么不报告，我说："以后活着的时候我就不去您那里报告了，死了再报告。"

班主任看着我，说："也不无道理。"

很久之后我才听说我们班主任是我同桌的舅舅。我同桌的天资是被证明了的，他第一年高考后去搞了半年传销，第二年就很顺利地考取了北大。

每次饭桌上见面时，他言语幽默，内容涵盖古今，涉及海内外，让我们听得懂的同时觉得他很有学识。他在三十岁的时候已经秃顶，整个人变成了一只陀螺，中间粗，两头细。

我想象中我上铺的哥们一定是牛毛毡片一样的头发，身上散发着臭味，眼神呆滞，但是极其聪明。我对见他毫无期待。

/ 2 /
宋明楚

501 宿舍隔壁的 503 宿舍里住着一群"大神"，每个人一台电脑，一开学就搞特殊待遇，24小时不断电。他们从高中起就是一伙的，虽然现在学的专业不一样，但目的就是来打游戏的。他们是一个电竞团队。他们宿舍外面堆着成箱的方便面和矿泉水，这里面唯一不同的一个人是宋明楚。

宋明楚第一次来到501宿舍是来要开水的。他那天从顺义区办事回到学校，胃不舒服，想泡点儿药喝，发现宿舍里全是凉水和饮料，于是敲开了501宿舍的门，把地上的暖壶挨个提起来晃动了一遍，说："你们可真是懒哈，连开水都不打。"

豹子从上铺探出头来说："你还有脸说。你们宿舍的人怎么不去打，跑我们这里来说？滚出去。"

宋明楚端着水杯往外走，就看到了一张全是书的床，床上面靠墙的地方堆满了书，床底下也全是书，什么《史记》《诗经》《论语》《孟子》《人性的优点》《厚黑学》《国富论》《白鹿原》《活着》《莎士比亚全集》的，把宋明楚给惊到了。他内心琢磨着，没想到啊在这破学校里，居然还有这样的书呆子。

他忘了胃疼，放下杯子，坐在床上看起书来，把床上面堆着的那堆书挨个翻了一遍，发现墙里面写着一句"妻吾妻以及人之妻，钱吾钱以及人之钱"，顿感这人绝对是个人才。他觉得自己正好缺个幕僚，这个人是上天送给他的。

他在床上兴奋不已，等了好久，不见这些书的主人回来，就问豹子："这人去哪里了？"

豹子喜欢夸张，这也是他最善用的修辞法，说："肯定是带着姑娘去网吧了呗。"

宋明楚就问，能不能带他去网吧找这个人，找到了给豹子交一晚网吧的费用，让豹子玩个够。

豹子立马说:"不早说?走,一会儿学校大门关了就得翻学校的墙了。"

宋明楚在网吧看到我,没有立即找我说话,而是坐在旁边左观察右观察。我当时正在论坛上和人因为一篇诗歌吵架,眉头紧锁气得肚子都鼓了一圈,宋明楚后来对我说,看到电脑屏幕上并不是什么游戏,而是一个论坛的对话框,瞬间就对我这个人刮目相看了,不仅仅如此,还增添了几分仰慕之情。

我说他就是嘴太会说,而且还信自己的嘴。他说这就是他的特长。

我当时已经饿得没力气说话了,静静坐在那里等饭。不大一会儿,古雅楠就来了,把饭放在我的桌子上,说:"你喜欢吃的青椒肉丝盖饭。"

我说了声"谢谢"就打开饭盒以狗吃食的速度进行咀嚼,顺嘴问古雅楠能不能再来听可乐。古雅楠皮肤干净,身材也高,扎马尾辫子,长得极好,还从来不化妆,用一个雅词来形容就是不施粉黛。

等我吃完,喝了可乐,打了个响嗝,力气上来,我就问旁边一直盯着古雅楠看的哥们:"你干吗的啊?"

宋明楚上前来握着我的手,十分激动地说:"我是住在503的,走,哥们,我们俩去共商大计。"

我没反应过来是怎么回事,问:"你也是要开文学社的?"

宋明楚疑惑地问:"什么文学社?"

我说:"你看,这姑娘就是工商学院报社的,要办文学社。你是什么学院的?"

宋明楚说:"哥们学的热门专业,物流的。"

我说:"物流也是工商学院的吧。"

宋明楚说:"胡扯,物流可是新流行的专业,我们是物流学院的。"

我说:"还有这学院?太奇怪了。"

古雅楠说:"确实有这个学院。"

在几个月后,古雅楠将被宋明楚这坏蛋骗到学校外面的小旅馆。宋明楚日后吹嘘,那晚去网吧是一箭双雕,不仅交了朋友还找到了爱情。

宋明楚问我是什么学院、什么专业的,我说:"文学院,汉语言文学。"

宋明楚说:"那就找对了,我找的就是你。"

我说:"能不能仔细说说啥情况?"

宋明楚说他不想办什么文学社、报社的,都没意义,他要做的是青年企业创业社。

我说:"那和我有什么关系?"

宋明楚说他需要一位笔杆子好的"幕僚"。我听到这词觉得特别有意思,现在还有人用这词,这人要么傻要么就是个人物。

我说:"兄弟,要不咱们换个地方聊,既然要成大事,总得找个特别的地方。"

我转头问古雅楠要不要一起去,古雅楠想了想,估计看是两个大男人,长得也很可疑,看了看外面的天色,有些为难。

我就对她说:"回去告诉你们那个死心眼的马社长,我答应你们了,明天下午就去做一次全社演说吧。"

古雅楠一高兴就说她跟我们一起去。

古雅楠是四川女孩,性格开朗,家境优渥,浑身透着一股子扭捏的劲头,就是这种劲头反而引诱人。这女孩子不知道怎么吃错药的,上了大学喜欢和自己死磕,加入了文学社,被大二那个社长派出来请我去做文学社的主编,不知道图什么。后来宋明楚搞明白了,原来女孩子都知道社团里的男生优秀,都是去那里找对象的。

说到我在学校文学社的名声被传开是在开学第一个月的最后一个星期六。那天学校的所有社团开始纳新,学校食堂外的马路上全是社团在招新人,一群高年级的学生像狼一样在等待新的猎物。其中最浪得虚名的社团是学校的"终点"文学社,不知道谁脑子有病起的这名字,还被学校给审核通过了,可能是脑子有病的学生遇到了脑子不好用的老师。"终点"文学社还被当时的搜狐、新浪、雅虎等网站评选为全国五十家知名大学社团之一。

"终点"社不仅仅是个文学社,还是一个很广泛的兴趣社,成员们都是学校的精英,经常参与全国的各种活动,辩论、创业大赛等,甚至承办了很多学校的官方活动,比学生会在学生心中还有地位。

我去摊位前溜达,把自己写的一篇文章复印了好多份扔给了几个社。下午的时候,我接到"终点"副社长的电话,约我在食堂面聊。在见面前五分钟,副社长说临时有事要迟到,我有些不悦,恰巧另一个社的社长在一本全国发行的"年选"上看过我的文章,也给我打了电话。这个社长做人有些浮夸,或者是和"终点"文学社那边有些仇怨,这次终于有机会踩上一脚,在社团之中鼓吹各种各样的谣言,一时学校的文学社的人都知道了有个叫苏大海的新生不得了,是这一届的热门人物。

隔壁几个宿舍里有文学院文秘专业的人,在我的宿舍里看到过堆积的书,还有我在暑假刚拿到的一个写作大赛的奖杯,瞬间这些信息就被证实了,以至于我当时走在学校的小道上都有女生对我指指点点了。这种感觉就像我做了什么丑事被人张榜了一样,不务正业被公之于众。

那晚,宋明楚带着我和古雅楠到了学校外面的玉米地里,从包里掏出一瓶白酒、一包花生，说："兄弟，敢不敢一醉方休？"

我说："我凭什么和你一醉方休？"

宋明楚说："就凭你床上有那么多书，你就是这样的人。"

我说："你小子到底是什么来路？"

宋明楚说："河南驻马店。"

我说："也是全世界知名啊。"

宋明楚说："是，至少也是著名的地方。你是哪里的？"

我说："甘肃的，甘肃崆峒山。"

宋明楚说："难怪看你有一股仙气，练过啊。"

古雅楠看不下去了，说："嘴真甜。"

宋明楚说："你个小女子，怎么能冷嘲热讽？"

我说："别扯远了，你想怎么干吧？"

宋明楚从兜里掏出所有的钱，数了一下说："兄弟，这是120块钱，我吃啥，你吃啥，钱也一人一半，今天咱们就是结拜兄弟了。"

古雅楠有些结巴了，说："这也行？太滑稽了。"

我哈哈大笑，拿起酒瓶就喝了一大半酒。

第二天醒来，我看见床头的酒瓶，以为余下的一半是宋明楚喝了，后来才知道宋明楚把我背回宿舍后，我自己把余下的半瓶酒喝了。

半个月后，宋明楚的创业社审批下来了，在学校最大的阶梯教室里举办了开社庆典。这小子在全校贴广告，来参加庆典的人送可口可乐和开心瓜子，同时送一张学校周六晚上礼堂的电影票。宋明楚把学生那些贪图小恩小惠的心思研究得很透彻，其实他自己没花一分钱，这些钱都是古雅楠出的，因为他让古雅楠做了创业社的秘书长。

五六年后我在职场上知道了一个特别令我鄙视的词叫"资源整合"，宋明楚是我认识的第一个玩这套把戏的人才。

我和宋明楚后来配合得很好，一个写策划案，一个去和商家谈判，什么化妆品、电话卡、新品饮料的校园推广，还有一些品牌的校园活动，校园演唱会，都被宋明楚拿了下来。大一这一年，宋明楚靠这种手段存款已经有二十余万元了，让我意外的是他竟然拿着这些钱入股了表哥的猪饲料厂。

宋明楚在最辉煌的时候，从学校的东门进来，一路上遇到的女孩子没有不认识他的，皆驻足赞叹。那时候的他极早地穿起了西服和皮鞋，头发上都用上了发蜡。学校办活动经费不足，都开始找他帮忙，他的供应商散布在朝阳、顺义、通州、昌平地区。后来他的宿舍门口还贴上了创业社的标志，社团成员跟着他不仅解决了感情问题，有些在学校里时就发了财。

为了使得拉到的广告有承载的地方，宋明楚还赞助了《终点》报纸，改良了纸张，增加了版面，还采用了全彩色印刷，让这个老牌文学社又一次焕发生机，每个月单独出一份校园内讯的 DM 专刊用的是全铜版纸，这 DM 专刊在六所大学内投放。

我没打听过他是如何打入其他几所大学的，只知道他并没有因为这些事情被人揍过，而且网罗了很多狐朋狗友，一副整个北京城都有自己哥们的样子。

那段时间我跟着宋明楚也是吃香的喝辣的，就像之后某段时间内我跟着钟离混吃混喝一样。

/ 3 /
张子健

张子健是武汉人,时常坐在楼道里看书,因为宿舍的灯在晚上十点就关了。楼道里的是声控灯,于是灯灭的时候,他总是咳嗽一声。他不喜欢跺脚,因为他是长短腿,跺脚容易陷入对往事的回想之中。

那时候我半夜喜欢站在楼道里发呆,发呆的时候常常看对面女生公寓里一个新闻学院的女孩子在那里转呼啦圈。这个女孩子在军训的时候是我的"连长",叫吴越。

那时候我还保持着我惆怅的心思,因为那深夜的孤单,这才认识了张子健。张子健这人秀气,家里开茶馆的,对茶、烟、酒这些东西都颇有研究,后来每次都带好玩意儿来给我。

张子健穿衣服妥帖,看上去永远干干净净的,喜欢穿黑色的衣服,鞋擦得晃眼,写一手漂亮的字,走路特别稳健,远远从楼道里走过来时,会让人觉得这小子当过校长,有种历经沧桑的淡定感。

他那天站在楼道里看《我的千岁寒》。我知道,这书不好读,王朔新作,不知道看书这哥们是装的还是真能看懂。

我上前试探着说:"这书不好读吧。"

张子健说:"沉渣泛起,灵光乍现啊,王朔以后难出作品了,这已经透支他的才运了。"

我一听,是个行家,说:"认识一下,苏大海。"

张子健伸出手来,说:"张子健,你宿舍对面的。"

我说:"你们宿舍住着一群怪人,门口还贴个'外人免进',从来没看到过你们宿舍的门敞开着。"

张子健说："住了一个病人，怕吹风。"

我说："难怪。你学什么专业的？"

张子健说："法律。"

我说："这玩意儿高端。"

张子健说："实用，至少在别人打你时可以吓唬他，或者在维权时可以引用法律条文。我早就知道你，你可能没注意，你们宿舍的豹子把你的《海子诗选》借给我了。"

我说："嘻，那我还真没注意，不过我有两本《海子诗选》，那本送你得了。不过豹子这小子社交范围真广，隔壁宿舍的人都认识。"

张子健说："大方，敞亮。你是哪里的？豹子是你们宿舍的对外发言人。"

我说："甘肃的。豹子这职位好。"

张子健说："得空吃火锅吧。"

我说："好。"

张子健说："对面那姑娘你看好几天了。"

我说："有点儿恩怨，有一脚之仇。"

张子健说："别因小失大。"

果不其然，吴越几个月后喜欢上了我，但是这姑娘之前估计没谈过恋爱，表达方式有些激烈，令我有点儿无法应对。

有些人的脑子天生就是被老天点化了的，张子健的脑子像一块硬盘，能存进去很多东西。他对北京的爱，就像他对女人的爱一样厚重，只要他在身边，你走到任何地方他都能说出一站地和一站地之间的距离，名字的由来，甚至一块砖的厚度，不仅仅是活地图，还是个资料馆。

张子健在学校里谈的恋爱是特别实际的,他和食堂小妹邓红梅偷偷摸摸地谈过一场恋爱,毫不张扬,每天用几条短信就可以打发青春期的冲动,但给我们带来很多实惠,比如没饭吃了就去找邓红梅。邓红梅就是我们心中的邻家小妹,乖巧温顺,永远在那里,在我们隔壁。

/ 4 /
吴越

吴越是青岛姑娘,个子有一米七五左右,在文学院几个专业的女生综合排名中排第一,最主要的原因是她有一双大长腿,且喜欢穿短裤,腿直骨头关节大,加上她有一头乌黑的长发直垂屁股,所以性感这个词就被她给占有了。因为她父亲是军人,她也有点儿军人的风格,性子豪爽,脾气大,在新生军训时就出了风头。就是在那时期,她看见队伍里衣冠不整、军姿不好的我,上去就是一脚,把我踢趴在地上了。我当时双手插兜摇头晃脑,嘴里还叼着一根狗尾巴草,从地上爬起来时下巴都被擦出了血。

吴越横是横了点儿,但是没见过把男生搞出血的阵势,装作镇定但内心慌了,上前拿手在我的下巴上擦了几下。我从来没被女孩子这么对待过,受不了这气,但看吴越那丹凤眼里就快吓出眼泪了,又觉得好笑。吴越在我的下巴上擦的那几下,让我有了些温暖的感觉。

吴越有颗追求文学的心,常常跑汉语言文学这边来听课,有一次赶上了我这班的写作课。写作课的教授是位女士，女教授的丈夫是全国著名的作家，人人皆知那种，好几部小说都被著名导演改编成了电影，所以女教授有些自傲，走路时抬着头，都不仔细看路。这节课女教授让同学们都做自我介绍，我习惯坐最后一排，也是最后一个自我介绍的。

我站上讲台说："我给大家读一首诗歌吧，'黑夜给了我黑色的眼睛，我却用它寻找光明。'"

底下鸦雀无声，同学们以为这小子疯了，都等着我继续发疯，我说："这首诗就这一句。"

我下去坐定后，发现吴越就坐在我前排的座位上。她转过身来对我说："读得真好，真有个性。"

吴越有个要好的朋友叫贾欣，是我们班的，皮肤黑，但好看，还文静，人瘦，瘦到连胸都没有。我其实对她有点儿意思，她却给吴越带了话，说："吴越说她喜欢你，希望和你交朋友。"

我想，那种女人有什么好的？没意思。

但我转念一想，吴越还真是不错啊，下了课堵在他们教室门口送花的男生一排一排的。随后我回了话，决定和吴越处一下，试试感觉。

当周周六，我睡起来时都快中午了，去学校外面的饭店吃饭时，吴越给我打电话，说："出来一起吃，吃完了去逛公园。"

吴越到饭店时看见桌子上摆着四个菜，一个鸡蛋汤。这家店是我们学校马术学院的一个"富二代"开的，他的奔驰天天停在门口，姑娘乌泱泱地追他。吴越说："这菜不好吃，没有我喜欢吃的东西。"

我看了一眼吴越那矫情样，说："你爱吃吃，不吃滚。"

我心里想：老子还是头一次见到这样的女的，得治治你这嚣张的气焰，不然以后可不好收拾。

我这人和女孩子谈恋爱就想到结婚生娃以及之后的种种和长长久久

的事，所以每次谈恋爱都谈得特别累，人家累我也累。

吴越说："那好嘛，我等你吃，吃完一起走。"

我哪里还有心情吃，扔下筷子出了门。

我们到了公园里，吴越说："你能拉着我的手吗？"

我说："好。"

我把她的手拉在手里，毫无感觉，那也是我第一次知晓，其实男人对女人可以毫无感觉的。走了几百步，吴越说："咱们坐一会儿再走吧。"

吴越说："你只要拿到毕业证，咱们就回我家，你想去什么单位，我爸爸都能给你办好，报社、出版社、杂志社、电视台，你想去哪个？"

我说："你就这么瞧不起我？"

吴越说："你这么不现实，总得有人给你考虑现实问题吧。"

我说："现在就得考虑吗？"

吴越说："前提是咱们得结婚啊。"

我肚子里产生了一股子邪火，这也太欺负人了，长这么大，我第一次感受到这样的蔑视。

后来在很长的时间里，我后悔当时错过了这一场充满诱惑力的"爱情"。

吴越说："你能不能吻我一下？"

我说："这是我的初吻，你闭上眼睛，正式点儿。"

吴越闭上眼睛，顺势躺在了我的腿上。我看着她脸上涂的粉、湿润的嘴唇、高挺的鼻子，然后看到她高耸的乳房，真是标准的美女。看到她性感的长腿娇羞地斜在一侧，我将手轻轻地放在了吴越的身上。吴越有些紧张，身子一抖，眼睛使劲闭着。

过了片刻，我说："我还是喜欢胸小的。"

吴越说："啊，什么？"

我说:"对不起,我对你真没感觉。"

吴越问:"我不漂亮吗?"

我说:"你很美,但我喜欢那种娇小的女生,不喜欢你这么大个儿的女人。"

吴越说:"你浑蛋。"

之后,我就做贼一样跑掉了,一个月内,我宿舍的电话每天都会被吴越打进来,宿舍里的每个人都被吴越骂过,有几个被骂着骂着还聊上了。

吴越说必须让我赔偿她精神损失费,不然找人打断我的腿。

宿舍里的小伙伴都知道了这件事,我的一条腿将在不久后断掉。为了保住我的一条腿,大家就在一起出谋划策,说请吃一顿大餐,大家一起来安抚吴越,别让她做出极端的事情。

不久后,电话就没人打了,我听贾欣说吴越哭了几个晚上,就被一个玩音乐的男生给搞定了,所以很快就忘了我是谁。

2009年冬天有段时间,张子健为了考导游证背书,就搬到学校外面去住了。他和我后来一直混在一起,我还给他介绍了宋明楚,三个人也算志同道合。但是宋明楚一心想把自己打造成伟大的商人,张子健是文人做派,所以二人中间总有我掺和着。

张子健最大的长处是记性好,过目不忘,那时候他还能背下来我写的诗歌,把我感动得七荤八素的,我说自己都背不下来自己写的诗。

一天张子健对我说:"今晚来我的住处玩,晚上有好戏。"

我晚上去了,张子健住在一个小四合院里,四合院里住满了学生,都是周边几个学校的。

我问:"有啥好玩的?莫不是在潘家园或者地坛书市又淘换到好书了?"

张子健说:"比那有意思。"

我说:"别卖关子了。"

张子健说:"你不是说写小说时不会写叫床吗?今晚让你听听。"

我问:"听叫床啊?"

张子健说:"隔壁,每晚定时定点,那女的长得可好看了。"

我说:"没看出来,你小子是这一行当的。"

张子健说:"这年头,谁还没个癖好啊?我给你说,这女的叫得可真好听。"

我说:"行,来了就听听。"

果然,这晚十点多,女的叫起来了,那叫声如甘甜入口的香橙,甜蜜又美好,又像夜空般澄净广袤,动听得像一首没必要有歌词的音乐。在我的想象中,这名女子在这位男子的床上,欢脱得像草原上的小马驹。

我说:"声音好听的女人长得都不行。"

张子健说:"不见得,明早我给你喊来。"

第二天早上十点多,我和张子健都起床后,坐在桌子前吃油条。这时候一名女子披散着头发推门进来问:"子健,有热水吗?"

张子健说:"正好,来,我给你介绍一下我哥们。"

女子抬起头,我看到了一张熟悉的脸,这张脸曾经在我的嘴下闭着眼睛等着我亲吻。

女子坐下,说:"您好,我叫吴越。"

我说:"我叫苏大海。"

张子健说:"我哥们可有才了,是作家,回头我带一本他的书给你。"

我说:"别,别,以前写的书不好,等以后写了好的再说。"

张子健转过头问:"你男友呢,去哪里了?"

吴越说:"去后海那块儿唱歌了,你们吃吧,我回去再睡一觉。"

她走后,张子健说:"长得不错吧?"

我说:"长得真不错。"

张子健说:"告诉你,全院的男生都听着她的叫声高潮过。"

我说:"你们真恶心。你好好背书吧,不是下周就考试了吗?"

张子健说:"是啊,考完拿到证,去哪里玩都便宜,以后我就能走遍天下了。"

第三章
2007年 酣梦

/ 1 /
钟离

军训结束后,我突然很嗜睡,于是每天下午吃过午饭后,会瞬间晕倒在床上一直到天黑才能清醒过来,时间就这样被偷走了一半。

那时候唯一坚持去上课的是豹子,豹子也不是想去上课,只是觉得不去上课便宜了那帮教授,学费那么高。于是不论什么天气,他都去上课,有时候教室里就他一个人,他也坚持上。教授看他也是很来气,仔细一想,这破学校里还有这样的学生也是罕见了,就经常给豹子开小灶。有些中年女教授对豹子更加垂爱,还经常给他带自己家做的吃的东西。我们这学校的教授很多是在兼职,本职工作都在名校里面,因此我们这些学生在他们眼里可怜、可悲、可恨,他们看我们的眼神就像看马路上的"杀马特"混混一样。

豹子说他爹妈种果树太不容易了,钱不能就这么白交了。也是如此吧,后来我仔细一盘算,豹子是我们这帮废物里唯一拿到硕士学位的人。

某天下午我睡起来,看见背对着窗户坐着一个人,端端正正地坐在那里看着我。我吓得一下子坐起来,问:"你是谁啊?"

他说他是钟离,睡我上铺的。

我看他静坐如佛,耳垂硕大,一脸福相,笑起来特别慈祥,坐在那里嗑着瓜子，然后抽着"红塔山"。太阳光从西边射进窗户里，钟离背对着光，那是我第一次见到他。之后很多次，我都能无缘无故地想起那天的灿烂阳光。

他见我起来坐在床上，就丢过来一根烟，我没接住，烟侧滑着掉到了地上。我从小就没有准心，别人给我扔什么东西我都接不住，在球场上引来不少埋怨。

钟离的胸很挺，只看胸部，他像个女孩。他高度近视，眼镜像啤酒瓶底，头发伏贴，毛发很稀疏。他说他每天只能上下楼一个来回，下去就只能晚上上来，要是中午上来了，下午就不再下去了。

我问他为什么住在顶层，他说站得高才能看得远。宿舍里的人不知道为啥，以为他这是故意搞特殊。钟离学的是电子商务专业，从小在县城里长大，爱打游戏，天天在网吧里过夜。

钟离说："我前几天在网吧听渣哥说你了，你还敢打他。"

我说："他就打不得？"

钟离说："渣哥在高中可是一霸。"

我说："那我不管，我就是要揍他。"

钟离说："这样，哪天买包烟，我给你们说和一下，大家一个宿舍的，一来就闹这么僵多别扭？"

我没说话。其实我胆子特别小，又容易冲动，记得那天我在午睡，渣哥请了我们那栋楼里面下象棋的高手来切磋，渣哥连输六盘，第七盘天公作美打了个平局，渣哥兴奋难耐，大喊大叫，叫醒了在睡觉的我。我翻身起来从床底下拿起一根钢管就朝着渣哥打了过去，钢管没有落到渣哥的头上，被小羽用胳膊垫了一下。

时日不长，在钟离的不断感染下，501宿舍里所有人都去网吧过夜了。人越没有希望就越堕落，就越迷茫。

而我去网吧是泡论坛,发帖子,看小说。这时候网络文学刚刚兴起,天涯论坛还正红,猫扑上的帖子被转得到处都是。

我下了床,站在宿舍门边上,拿起电话,插进电话卡,给远方的弟弟拨了电话过去。电话里提示我的电话卡欠费了,我回到床边点上了烟。

钟离问我嗑瓜子不。

我说:"口干。"

钟离说:"你慢慢会发现,瓜子这东西和其他东西一样,原味的最好吃。"

我说:"我没讲究。"

钟离说:"你试试,原味的越吃越香。"

我说:"我先抽完烟。我抽烟和你一样,喜欢红色的红塔,白红塔也口干。"

钟离说:"女孩子多喜欢抽白的,我认识的几个女的都抽白的。"

我说:"我能用一下你的手机吗?"

他拿起手机递给我,黑色的翻盖,说:"用吧,还有五毛钱,估计你打一分钟就欠费了。"

我说:"我估计我一分钟能说完。"

我拿起电话拨了过去,我弟弟的电话没人接。

我说:"没人接。"

钟离问我:"你这是打给谁?"

我说:"给我弟弟。"

钟离说:"没钱了?"

我说:"今晚就没钱吃饭了。"

钟离说:"我可以一星期不吃饭,一周不换袜子,一年不洗澡。"

我说:"那你可真牛。"

钟离笑了，问："你不信？"

我说："你知道我牛在哪里吗？我什么都信。"

钟离说："你别以为自己太牛了，牛的人才不会来这里，来这里的人都以为自己牛，其实都傻。"

我说："似乎有点儿道理。"

钟离的手机这时候响了，钟离说："你刚才打的电话号打过来的。"

我接完电话后，他说："我这手机卖给你。"

我说："我没钱，买不起。"

钟离说："你刚才不是要了600元吗？我这手机100元卖给你，我下个月要换新手机了。"

我看了看，说我不要了。

钟离说："真不要？可惜了，那我卖给别人了。"

他把自己的瓜子袋子系上，爬上床，没过几分钟，我就听见呼噜声传来了。幸好他经常不在宿舍睡，不然那打呼声，我们可是要吃苦头的。

他连人带鞋瘫在床上，一脸无邪的样子。他睡了大概半个小时，就又坐在我醒来看到他的位子上发短信。他说他在召集晚上去网吧的人，带够十个人他自己晚上就免费了。

我问他，他们那边来这个学校的人多不多，他说太多了，半个私立高中的人都来了，散布在各个校区里，我们这个新校区里少说也有一百人。

我问他电脑玩得是不是特别牛，他说游戏号等级最高。

我问："等级高有什么用？"

他说："可以卖钱。"

我问他他的号能卖多少钱，他说能卖好几万吧。我问那什么时间卖，他说:"等我最缺钱的时候卖掉。"

我说:"我等着那个时间到来。"

他问我晚上去不去网吧,他请我去。我说我实在不知道去了能干什么。他说可以看视频,看美女。

/ 2 /
手机

我不知道我和钟离的友谊是什么时间建立的,我试图追溯过我们生命里的所有共同经历,能找到的微乎其微,或者说能产生记忆的也很少。

不久之后的某天,他说他在西单看上了一款手机,太喜欢了,必须买了。我正好要去地坛书市上买书,他说他先陪我买书,我再陪他去买手机。

上了去地坛的公交车,他就问我:"你有什么理想吗?"

每次遇到这种问题,我会先觉得提问的人很傻,进而觉得自己很傻,最后陷入自我否定中。理想是个啥?理想就是成功人士用来美化自己的,对于我们这些很早陷入绝望之中的人来说就是一根刺,拔不掉的刺。

在之后的很多人生阶段里,还会有人不断问我这个问题,我没有标准答案。

他一直穿夹克,里面是细条纹的衬衫,下面配藏青色西裤,脚上是黑皮鞋，长得白净但是显老，看上去有四十岁。

我说:"我的理想是能当个作家。"

钟离说:"这不错，我认识的人里面你是第一个想成为作家的。"

我问:"那你呢？"

钟离叹了口气，说:"我没什么理想。"

我说:"不可能，难道你一直就没有想过？"

钟离说:"我现在想想。"

我说:"那你赶紧想想。"

钟离说:"那你赶紧写书，写出来我就买几本。"

我说:"行呢。"

钟离说:"你把我写进小说里去，我就买更多。"

我连连点头，说:"能行。"

钟离说:"能行。"

在车上打了个盹儿，醒来后我追问他:"你的理想是个啥？"

钟离说:"我不敢有理想，怕实现不了。"

我说:"别这么虐自己，理想就是自己糊弄自己的。"

钟离说:"你想得真明白。"

我问:"你为什么选择来北京？"

钟离说:"你们搞写作的人是不是很善于撒谎？"

我说:"一般般吧。"

钟离说:"我就很善于撒谎，我觉得你肯定比我还能撒谎。我们能撒谎的人有个问题，就是自己觉得自己特聪明，以为自己麻烦事情少，但这都不一定的，就像阴阳，这都是相对的，你说对不对？"

我说:"我是因为喜欢北京才来的。"

钟离问:"你之前来过这里？"

我说:"之前来打工,在一个商场打点。"

钟离问我:"打点是干啥?"

我说:"就是保安。"

钟离说:"我来北京是因为我喜欢北京的姑娘。"

我问:"哪里的姑娘你不喜欢?"

钟离说:"北京姑娘的声音我喜欢,北京姑娘的腰我喜欢,北京姑娘的那种性子我喜欢。"

我问他除了姑娘,他还喜欢北京的啥。

钟离说:"我喜欢北京能出《血色浪漫》里面的钟跃民那样的人。"

那一天,我觉得钟离是个非同寻常的人,他活得极其现实,又极其浪漫。

钟离问我:"有什么爱情吗?"

我说:"非常有,极其有啊。"

钟离问我:"后来呢?"

我说:"后来我被单方面解约了。"

钟离又问:"那你们到哪一步了?"

我说:"海誓山盟。"

钟离问:"那是不是很疼?"

我说:"确实很伤,鲜血淋漓,但是也值得了,曾经拥有。"

钟离说:"你说这些话,其他人能听懂吗?"

我说:"我感觉你能听懂。"我就是因为那段爱情失败后逃到北京的,感觉自己是被命运追杀,结束一段稀里哗啦的爱情,爱得心碎。

钟离问:"她叫啥?"

我对他说,我的初恋叫木木,木头的木,木棉花的木,长头发,大屁股,学习不好,喜欢迟到,最擅长陪我抄作业,不喜欢看我写的情诗,一般都转给她的同桌看，以至于她的同桌到现在还想着有机会找个会写诗的男人。

我接着说："要说爱过吧，我们都爱过；要说伤过吧，也有；要说死过吧，过分了点儿，但是也尝过。"

我问他有没有爱情。

钟离说："我还是个处男。"

我说："我也是的。"

钟离说："没有睡过，怎么能爱那么深，脑补太多了？"

我说："你懂个屁。"

他说他起初暗恋一个女孩子，后来她妈妈来开家长会，他就一瞬间爱上人家的妈妈了。

我盯着他，他盯着我，我说："你可以啊。"

钟离说："是啊，我也觉得我挺棒的。"

我说："你这是心理有病啊。"

钟离说："是吗？大家怎么都这么说呢？"

我对钟离产生的好感，我至今没有想明白，唯一令人回味的是他那种分寸感，分寸感好到让我觉得他是一个修养极好的贵公子。

从地坛买好书出来后，钟离说："等你过生日的时候，我给你买一套《莎士比亚戏剧集》怎么样？"

我说："能行。"

钟离说："能行。"

到了西单，我们从地铁里钻出去后先去吃了两碗酸辣粉，接着去买了几条裤头。钟离把裤头叫遮羞布，我问他谁教他这么说的，他说是他妈。

我说："你妈妈真是个有修养的人哦。"

钟离说:"有机会介绍你认识一下,也修养修养你。"

我跟在后面哈哈大笑。我第一次听有人这么叫裤头,后来每次想起来都想笑。

到了手机商场里,钟离打了一个电话,出来一个大胡子男人。

大胡子男人说我们要的手机还剩下两部,这手机本来就是刚出厂的,不多,恭维我们还是挺有眼光的,这手机有档次。

钟离说:"拿出来,我先瞧瞧。"

手机是灰色的,诺基亚的翻盖,比一般手机要宽大一些。

大胡子男人说这手机唯一的缺陷就是手机卡槽是针行的,一不小心就断了,建议将卡放进去后就别往外拔了。

钟离拿起手机看了看,说:"搞这么麻烦。"

大胡子男人说:"有钱人才这么玩,你们肯定很有钱,不然谁买这玩意儿?2498元不是一般人能玩的。看你们还是学生吧,肯定家里特有钱。"

钟离说:"你知道珐琅吗?我们家就是产那玩意儿的。"

大胡子男人说:"不知道,是工艺品还是吃的?"

钟离说:"你看对面那条巷子里,专门卖给游客的花花花绿绿的东西。"

大胡子男人警示我们说:"这手机不退不换,拿出这店,就没后悔的机会了,是刷卡还是付现金?"

钟离说:"你这玩意儿肯定没问题吧,为什么不能退换?"

大胡子男人说,这手机本来就少,现在货不多了,我们要是后悔了,他卖给谁去?我们拆开了,这手机还有人要吗?

我点头示意钟离,觉得大胡子男人说得有点儿道理。

钟离说:"那你把我这手机卡装上,我打个电话试试。"

手机开机后确实很炫酷,那动听的声音和彩色的大屏以及坚实的触感一下子征服了钟离。他拿着手机,一路上开心无比,嘴咧得太大,像个喜获玩具的孩子,那晚我们回到学校时食堂都关门了。

第三天,他就发现手机有问题了。他说这手机卡一走路就松,走路动作小一些还能打个电话,一边跑一边打电话完全实现不了。

我问他为什么要一边跑一边打电话。他说学校的保安追他,因为他进门时点了根烟。他说他在网上查询了,这款手机出厂时就被发现了这个毛病,现在厂家已经将这款手机全部收回了,我们买到的肯定是假手机,我们必须去要个说法,要么换手机,要么退钱。

他拿出一张纸来,说:"我们先做个计划。"他把事情的经过给宿舍的每个人都说了一遍,看是否能得到一些好的建议。最后他得到的建议全部是放弃,别去找事了,万一被揍了还得住医院。

那天晚上他没有去网吧,就坐在宿舍里想这件事。天刚亮,他就喊我一起去西单,说:"你嘴皮子利索,去了你就说,我站在你后面点头,给你撑腰。"

我说:"我怎么说好呢?说什么话?"

钟离说:"我们的目的是退钱,我觉得退钱的可能性大一些,换手机的可能性小,最后万一不行我们就报警,举报他们卖假手机。"

我问他:"还有其他计划吗?"

钟离说:"你还记得那里的地铁站吗?"

我说:"记得。"

钟离说:"万一不行,咱们就往地铁站里面跑,但是千万记得别被人给跟踪了,被跟踪了就完了,我看那个大胡子男人也不是个善人。"

我说:"行,走吧。"

钟离问:"你放心吗?"

我说:"有你在,我不担心。"

钟离说:"有你在,我有信心。"

我俩到西单时,那个大胡子男人不在,出来一个姑娘。姑娘让我们去东直门做个手机检测报告,证明手机本身有问题,我就和那个姑娘吵起来了。

我说:"你们这是故意为难我们,我们要退货。"

那姑娘说:"这是流程,必须这么做。"

钟离说:"大海,这真是流程,我们先去做检测。"

拿到检测报告后,显示手机没问题,我问:"这回怎么办?"

钟离说:"你说会不会是我自己使用不当,把卡槽给搞坏了?"

我问他:"你回来搞过?"

钟离说:"我回来搞了好几次,那个大胡子男人不说还好,他说了,我就更加不放心,安装了好几次,有一次还特别使劲。"

我说:"你个憨憨。"

钟离说:"要不我们回学校吧,不搞了。"

我说:"走,必须搞,把钱要回来。"

到了店里,我们找到那个姑娘,给了她报告。

姑娘说:"你看手机没问题,而且手机是正品。"

我说:"既然这样,我们想退货,你们是不是说一周之内可以退货?"

姑娘说:"你们退货总得有个理由吧?"

我说:"信号不好啊,你们退不退?"

姑娘说:"我打电话问问。"

姑娘避开我们,去那边打了电话回来说:"退不了。"

我说:"你必须退,不然我们打电话给工商局,让他们来。"

我转头看看钟离,钟离给我挤了一下眼睛,跑过来拉我到一边说:

"你别那么横,小心挨揍。"

我说:"你怕姑娘啊?"

钟离说:"你看看周围,那么多男的都看着咱们呢。"

我说:"这里这么多人,他们不敢打我们的,他们还得做生意呢。"

姑娘又去打了电话,回来说昨天卖手机给我们的那人想自己用,可以退钱给我们,但是得收折损费。

钟离问:"收多少?"

姑娘说:"200。"

我说:"100吧。"

姑娘叹了一口气说:"你们别太嚣张了。"

我说:"我们合理合法。"

姑娘说:"把手机给我,把卡退出来,我去拿钱。"

我们拿到钱后,钟离拉着我就往地铁站跑。

我问:"跑什么啊?"

钟离说:"那姑娘叫好了四个人跟着我们。"

我回头一看,确实是手机店里的四个少年,各个怒气冲冲,跟在我们后面,看样子是要找个僻静的地方收拾我们俩。

我说:"我们得往人多的地方走。"从地铁站进去,我们从一号线换了二号线,从积水潭地铁站出来到了德胜门长途汽车站,钻进了去昌平的长途汽车。车往回走,走到积水潭地铁站时,我们看到跟着的四个少年已经消失在人海中。

钟离说:"今天太险了,差点儿没命了。"

我说:"你眼里的社会太黑暗了。"

钟离说:"我家那边有人被砍过。"

我说:"胆子真小。"

钟离说:"我还没活够呢,还想多活几年。"

我说:"这手机真那么重要?"

钟离说:"废话,我一个月的生活费啊。"

我说:"那怎么吃饭?"

钟离说:"再想办法呗,反正饿不死的。"

/ 3 /
心脏

钟离很早就开始眷恋家乡了,是从小时候的味道开始的。某天他突然问:我们小时候吃的方便面是什么牌子?是什么味道?里面的什么东西最让我们念念不忘?

我说:"当然是方便面里的调料了,我有时候还将调料撒在饼子上吃,放在手心里舔,上课时倒在课本上舔。"

他说他某天在学校外面的农贸市场里翻出小时候吃的方便面了,都过期了,太可惜了,问我们小时候还吃什么、玩什么。

我们都说了一堆,他只听不说。我们反问他,他说他几乎没在学校待过多久,经常在家里发呆,看看窗子外的树,看看家里的花花草草。他身体不好,常常生病,还经常去外地的医院住院,每隔一段时间回家,邻居家的朋友都换一拨,伙伴们都在不断长大,去外面的世界了,一茬一茬比自己小的人冒出来,因此他没有特别亲近的朋友。

他说只有游戏账号是十几天不登录，再上去还能联系上的。

豹子经常半夜吃泡面，他瘦但是能吃。我不喜欢吃面，喜欢喝汤，豹子就先把汤给我倒到碗里，自己吃干面，我喝汤。

豹子经常说，钟离看上去欢乐，其实内心可忧愁了。宁国辉说，钟离心里装着事。

钟离说他得回一趟家，回家去找找小时候吃过的东西给大家带来。那天半夜他就去学校外面的小火车站上车走了，一周后的半夜回来的。

小火车站路过的都是绿皮火车，半夜上车都没有人检票，渣哥和小羽就是靠这些火车在大学几年内贩卖各种东西积累了原始财富。

我记得那天雪很厚，宿舍的暖气肯定也是坏了，半夜的时候大家都醒了，被冻醒的。

钟离回宿舍时，我们恰好都蒙着被子眼睁睁地等天亮。

他说："看我给咱们带来了什么？"

他抓起一个大面粉袋子，说这是他找人专门给我们调配的方便面调料。他回家后找了好多店，都买不到小时候的东西了，这味道和小时候一模一样，让我们赶紧抓一把尝尝。

我翻身起来，抓了一把调料用舌头舔了一下，果然，闭上眼睛，是小时候的味道。

他说他还带了馒头，还有挂面，更厉害的还有呢，他拿出了电磁炉和锅以及一个小电机，说这回我们周末可以在宿舍里煮面吃，看《血色浪漫》了。

我说："真是个疯子，大半夜的，赶紧睡觉啊。"

他那晚还是坐在我第一次见到他的那个位子上，天渐渐亮的时候，我看着天光又一次将他围住，他慈眉善目地朝每一个人笑着。

我起来问他:"你想过我们毕业了做什么工作吗?"

钟离说:"我早想好了,去当网管。"

我问:"那你说我能干什么呢?"

钟离说:"你可以送外卖啊。"

我说:"这倒可以,我送到网吧去。"

钟离说:"对,咱们可以相互照顾生意。"

我说:"网吧会不会消失?到时候我们就失业了。"

钟离说:"消失后我们就送外卖,外卖不会消失,人总得吃饭吧。"

我说:"是哦,是哦,这么一想我一点儿都不愁了。你说我们上这么差的学校,每天担心以后找不到工作,多愁人?"

钟离说:"你真是想多了,上好学校的人也不一定找得到什么工作呢,都一样愁。我们去送外卖,千万别愁了。"

我问:"那我们为什么上大学呢?"

钟离说:"上大学就是让你休息一下,你想想,之前多累啊。"

我说:"你说得真对。"

钟离说:"我有时候觉得自己是个天才,能悟到好多真理,有机会了就整理出来,但是有时候想啊,这些道理是不是别人早就想到了,就是没说而已?"

我笑了笑,不知道如何回答。

之后几个月,钟离还是继续过打游戏然后睡觉再打游戏的日子。

一天晚上八点了,钟离还没有起床,我们每个人轮番叫他,他还是不吱声。我爬上去摸了一把,钟离全身发凉。我问他怎么了,钟离说:"赶紧把我送去医院。"

我们跑出校门口,看见平时坐在车上看一本盗版《鬼吹灯》大合集的司机还在。可能是因为他长得健壮,我们认为他的车是最快的,于是选择了他。

到了医院,我们才知道钟离这小子的心脏做过搭桥手术,他不能太累,在网吧连续打几个月的游戏,差点儿要了他的命。

医院输液需要很多钱,没办法,我拿着钟离的手机给钟离家里打了电话。第二天,钟离的妈妈就到了医院,这一陪就是几个月。

后来钟离出院了回到宿舍里,钟离的妈妈把他的宿舍给换到了一楼的一个二人间宿舍,还每天三顿饭地在学校外面做好了拿到钟离的宿舍里。钟离会给我们打电话,叫我们下去一起吃。

钟离其实不喜欢他妈妈做的菜,打小不喜欢吃,跑北京来上学,感觉最幸福的一件事就是摆脱了妈妈的管控,因为钟离小时候身体不好,他妈妈管他管得非常严格,把他管得快六亲不认了。

钟离天生心脏不好,十五岁时就在阜外医院做了心脏手术,医生说他活不过二十五岁,钟离的命是活一年赚一年。

钟离的妈妈从来不正面面对这个现实,想通过自己的努力改变这一切,但是钟离想得更加明白,那就是不论活多久,就想活得随性一些。

几个月之后,钟离的妈妈便回家了。某天钟离抱着被子像个出狱又回牢里的犯人,回到了501宿舍里,铺好床就接着睡觉了。他说他还是喜欢我们这群难兄难弟。

在他被他妈妈管着的那段时间里,钟离经常偷偷跑到我们宿舍里坐着。我们去上课,他还是坐着。

我们喊他:"走啊,去上课。"

他说:"你们先去。"

/ 4 /
白真

钟离的妈妈是能用普通话和我们交流的,钟离说过,中年妇女一旦会使用普通话,那就相当难缠了,因为她使用这门语言的作用就是和人沟通。一般的中年妇女其实已经放弃了和这个世界沟通,但是半途张口说普通话的中年妇女就具有好胜心了,这种好胜心极其可怕。

钟离说过,一定要提防他妈妈。我们见过她妈妈的控制欲,她整天跟在钟离后面说,有点儿小问题就用拳头砸钟离,钟离走在前面,就像走在动物园里一样,任世界嘈杂而不发一语。

我当时看到这种情景,就联想到了钟离前二十年的人生。母亲的爱对他来说是什么呢?我看到的是负担,但是他不能摆脱这种负担,因为那样对一位母亲不公平。

钟离学电子商务,也是他妈妈的主意,他妈妈自己有超市,想着钟离学完了就回家,在网上卖东西,母子两人还天天在一起。

钟离搬回来不久后,他的女友白真就追到我们学校来了。白真这样的女孩子在我们这样的学校里特别多,都可以列入"匪帮女孩"系列,高中时期叛逆得无法无天,恨不得自己是个男的,往往这类女孩长得都不赖。

白真长得是真好看,不仅好看还特别有性子,个头高,皮肤白,齐肩头发颜色也好。她在他们当地的一所职业学院读了一段时间的书就回家待着了,待腻了打听到钟离在我们学校就想方设法转学来了。

我们嘲笑钟离,还说自己是个处男,处男有这么好看的女朋友?

钟离说："哎呀，其实不是女朋友，是邻居。"

我们说："哦，邻居啊，邻居能为了你跑到这么破烂的学校来啊？"

钟离说："我们学校哪里破？你看行政楼是模仿牛津的，教学楼是模仿剑桥的，那个宿舍楼模仿的哈佛的，学校大门是北大，学校小门是清华，你们这群有眼不识泰山的社会垃圾啊。"

豹子说："滚你个钟离，你这时候嚣张了，有女朋友就嚣张了。"

几天后，白真来我们宿舍找我，把我拉到楼梯口，还往下走了半层，问我钟离这段时间身体怎么样。我说他不去上网了，现在看身体很不错。她说钟离的妈妈为了防止钟离拿钱去上网，已经把钟离每个月的生活费减少了一半。她给了我1000元，说让我吃饭时带着钟离，打饭时多打几个菜，就喊他一起吃，这样神鬼不知。

我说："我被感动了。"

白真说："你就扯，你们这学校的男的没几个好人。"

我说："你才来几天呢，就知道了？"

白真说："闲的人太多了。"

我说："你要不是钟离的女朋友，连我都对你有想法的。"

白真说："真的啊？"

我说："真的，豹子还说你长得像舒淇呢。"

白真笑了，眼睛笑成了一条缝。

我说："豹子那台电脑里有各种各样的女明星，舒淇的最多，他最喜欢舒淇。"

白真说："豹子那台电脑还真是个宝贝。"

我说："我们宿舍的人全靠那台电脑度过漫漫长夜。"

白真说："那我走了，你别露馅了。"

我们追问钟离，是怎么勾搭到这么好的姑娘的，钟离说他和白真初中时就在一个班，一次老师让在黑板上做数学题，一道题有两种做法，正好前几天他看过这道题，就给白真说："你先做，做完我做。"白真先做了，他看完后用另一种做法做了。那时候的白真还没出落成大美女，就是一个不起眼的干瘦姑娘，谁知道几年时间就蜕变成大美女了。

钟离说，那次以后，白真就对他有了心思。

我们都说，钟离是吹牛的，他的数学肯定烂得像屎，还会第二种解法，这是不可能的事情，要是钟离都会第二种解法，那我们全校的同学都能上北大、清华了。

他说这事情千真万确，他小时候学习可好可好了，都不怎么上课，很多东西一看就会，脑子灵光。

我们说："说破天也不信，谁知道你怎么搞定白真这样的姑娘的？肯定是上辈子修了好多庙。"

有一天我们晚上睡不着，问钟离："你就真没和白真睡过？"

钟离说："真的没有。"

我们都从床上翻起来，问："为什么啊？"

钟离说："哎呀，心脏不好，不能干那事。"

我们都哈哈大笑，真是浪费资源暴殄天物啊。

后来的一段日子我都是打好饭就喊钟离一起吃，有时候白真在，有时候白真不在。突然有一天，钟离给我打电话问我在什么地方，我说我在北京前门溜达，他让我在前门地铁站等白真，有事。

我在前门地铁站见到的白真一头乱发，没有化妆，羽绒服裹着睡衣，脚上没有穿袜子，穿着拖鞋就来了。

白真说："大海，借我100元。"

我说："100元够不够？给你200吧。"

白真说:"好。"

她拿了钱转身就走,走几步后回头说:"你找钟离还你啊。"

我说:"好,你别操心了。"

她走进了地铁站,消失在黑暗里,后来我想起当时她远去的身影,是那么让人揪心。

我给钟离说:"好姑娘就不能来我们这学校,尤其好看的姑娘,咱们这学校歪门邪道太多了,好姑娘很容易被拐骗着走上歪路。"

我问他:"你啥时候还我那 200 元?"

钟离说:"你稍等,我打一个电话。"

他拨通白真的手机号,提示停机,然后他说:"她是她,我是我,这钱我替她还不了。"

我说:"你真是无情啊。"

我想对他说,你吃饭的钱都是人家给的呢,又把这话咽了下去。

后来不久,钟离给我补充了关于白真的事情。

/ 5 /

张娟儿

2007 年秋天,那段时间我恋爱了,老天爷赐给了我一个姑娘。这个姑娘几乎是天上掉下来的,踩着旱冰鞋跑进了我的怀里,一年后又像蝴蝶一样飞走了。

我想不起来我那天是要去什么晚会了，在学校大礼堂的路边等豹子时，一个姑娘滑倒在我的怀里。我扶她的时候摸到了她的乳房，我发誓，我不是故意的，但是她不信，其实连我自己也不信。她的眼睛很大，脖子细长，脸和身材像两个不同的人拼接在了一起，脸是小姑娘的脸，身材是成熟女人的身材。如果在未来的岁月里我对她的长相模糊了，那么我唯一能记住的就是她的声音了，她的声音有些软软的哑，这种声音对于我来说透着一种招人可怜的劲。

她说："你怎么这么流氓？"

我说："我不是。"

她说："是不是，都这样了，你还不承认？"

她的头发半长，都藏于耳后，整张脸都在外面；腿长，其实也不是长，是好看，比例好看而显得长；她的胸和她的身材也极其不协调，真的太大了，一只手都握不完全。

她说："我要去尿尿。"然后她把旱冰鞋脱了丢在我边上。

豹子说："刚才那姑娘说什么？"

我说："她说她去尿尿。"

豹子问："尿尿？你是什么时间认识这小妮子的？"

我说："就在刚才那一刹那，你信吗？"

豹子说："信你个鬼哦。"

我说："不信算了，我都不知道她是干啥的。"

那小妮子从阶梯教室里出来，走到我们这边来，我才仔细打量了她。她长得很文静却穿得很活泼，从口音中能听出是南方人。

她说："哎，老流氓，谢谢哈。"

我说："别瞎叫啊。"

豹子说："你怎么流氓了？"

我说:"真没有。"

她对豹子说:"你问问他。"

我转头看了豹子一眼,摇了一下头。

她说:"我走了,你们玩吧。"

豹子说:"不留个电话吗?"

她转过身来说:"我在报刊亭工作。"

第二天,豹子给我说:"我去报刊亭了,你知道那小妮子是干啥的吗?"

我说:"你说。"

豹子说:"她是报刊亭的老板,你说神奇不?"

我说:"胡说的吧,年纪那么小,她怎么就当老板了?"

豹子说:"人家家里有钱不行啊?"

我问豹子问到名字了吗。

豹子说叫张娟儿,后面有个"儿",豹子问是不是我喜欢的那种。

钟离说:"豹子,你说的小妮子像你电脑里面的哪个女明星?"

豹子说:"有点儿像刘亦菲。"

我说:"不对,才不是,是像《金粉世家》里的冷清秋。"

豹子说:"哪里冷了?我看挺热乎的啊。"

我说:"你看她的眉宇间有愁容。"

豹子说:"狗屁,她那是皱眉头。"

后来在2013年时我在电影院看完《致我们终将逝去的青春》,才明白那段时间我为什么那么迷张娟儿,因为她其实就是我的人生道路上注定要出现的一个错误,这个错误就是自己一直在提防却没防住的人。

我喜欢她的洒脱和勇敢,张娟儿当时才十八岁,在我们学校的报刊亭里卖杂志报纸和畅销小说。我也因此借了不少光看了不少新书,为日后的工作中装点一些文学修养打下了牢不可破的基础。

孙红涛为了支援我谈恋爱,把他的手机送给了我。我订了一个短信包月套餐,每天和张娟儿发无数条短信。我经常复制一些黄色短信给她,她都不回,我紧接着再发一条正经的短信,她就会回复我。

她喜欢去学校西边的野湖还有学校南边的废弃火车站,我为了和她谈恋爱还买了一辆自行车,我们经常骑进树林子里去,在小路上把树叶压得咔咔响。有一次我们骑得太远了,到了一个军犬训练基地,被哨兵拿着枪赶了出来。

我记得第一次吻她是在学校公园里的小山坡上,她看着我,我看着她,我们两个都把嘴巴递给了对方。她的嘴好吃,软软的又调皮,她的舌头短小有力,之后我们在不同的地方接吻,总是吻好久好久。我有时候把手放进她的衣服里,她总是会掏出来,说:"你的手好凉,别乱摸。"我又一次把手伸进去,她说:"你不听话是不是?不听话我走了。"我说:"好,好,听你的。"

自打有了她,我就不用自己洗衣服了,也不用自己打饭了。那段时间的流速很快,快到在我的记忆里的色彩不那么明显,现在我使劲去想的话,只能想起那时候是个秋天,树叶子在半黄半绿之间。

终于有一天,我鼓足勇气发信息说:"我们去开房吧。"

她许久没有回复,一直到了晚上,她问:"你想啊?"

我说:"想。"

她说:"好的。"

次日,我们谁也没再提这件事情,继续走到她喜欢的那个废弃的火车站,一直沿着火车站延伸出去的铁轨往西走,会走到一个空无一人的村庄,村庄的尽头有一个山坡,山坡上满是落叶。那天黄昏我们俩走到那里,她说:"就这里吧。"

她说:"你面向我站着。"

我面向她站定,她解开我的腰带,我把腰带又系上。

她说:"你别动。"

我说:"你要干什么?"

我往四周看了看,心惊胆战。她那天穿着黑色的高领毛衣、绿色的大衣和牛仔裤,脚上是黑色牛皮小靴子,我也很奇怪为什么我对她那天的衣着记得如此清晰,可能是某种恐惧感让我记忆深刻,也可能是某种幸福感让记忆清晰。

当时有风,我问她:"你冷不冷?"

她没说话,又解开了我的腰带,我说:"你要干什么?荒郊野外的。"

她说:"你别动好不好?"

她将我揽在怀里,就像抱着自己的孩子,我觉得她好高大,像海里的一只蓝鲸一样。那一刻我看见远处的山影模糊,近处的树叶摇动,我拥有一个她,心也烫了。

之后很多次,她都是这般,完事后从衣服兜里掏出纸巾擦拭干净,让我想起我在很小的时候读《废都》时看到的,唐婉儿对庄之蝶说:"我给你换个姿势吧。"那是全书让我最感动的部分,爱情里面的美好除了激情,这种理解和体贴让我流泪,我觉得我拥有了自己的唐婉儿。

直到她不辞而别,我一直没得到她的身体。她纤细瘦弱,精致玲珑,脸上写满忧愁,在渐渐消失的记忆里,我对她的形容越来越匮乏。

/ 6 /
范麦银和谷罄

我和张娟儿谈恋爱那段时间，我们班来了一个"疯子"。他是借助诗歌来疯，所以疯得很彻底，疯得很有魔力，不是单纯撒疯，是在散播情绪，散播青春时期独特的张狂，他是个诗人。他在我的心目中是那种活得璀璨的人，在我们班仅仅待了一学期就走了，但是这一学期让我觉得无比充实，原因是我把他看作我的标杆。如果一个人一辈子需要一个现实里有诗意的纯粹的人让自己向往的话，我想范麦银就是我的这个人。

范麦银拒绝所有爱情，似乎对于这世间的女人毫无兴趣，每天独自一人穿过校园。我经常站在501宿舍的阳台上抽烟时，看到他从校园里经过。他是那么纯净天真，我感觉整个校园的热闹场景都破坏了他的气质，他在这里格格不入，我甚至舍不得在阳台上喊一句去打破他那种寡淡的感觉。

他来学校不到几天就在学校里成了名人，办了诗集发布会，随后还有各类演说，还发布了一本诗歌民刊的创刊。那段时间，我的情绪也被他影响得很高，我眼里的这所学校因为有他而有了光泽，有了意义，我跟着他读诗、写诗。

那时候学校的宿舍楼不够住了，范麦银住在学校在外面租来的那两栋宿舍里。范麦银带我去认识了谷罄，一个吉他手，从小因为玩音乐耽误了学习的人。谷罄是个创作型吉他手，自己写了好多歌，有的歌在他家乡的小城里已经被一些酒吧传唱了。我们经常去他空阔的宿舍坐在一旁，一手点上烟，另一只手拿着啤酒，看谷馨头发垂在背上抱着他那把磨得掉皮的吉他弹歌。

我真的相信我此后不论在多么高级的场所，再也没有听到过谷馨那般伤心欲绝的弹唱了，他的歌词和旋律里全是故事，多数时候我都能流下眼泪。有那么几个星期，我被他们两个迷得五迷三道的，泡在他们那个楼里面都不去学校，有时候还在那里留宿。

记得某天早上宿管来查电源，看见我和谷馨睡在同一张床上便惊讶地说："小伙子，人生很长，别想不开。"

谷馨还经常给我们弹一些很冷门的歌。他也是一个藏书很丰富的人，对西方文学颇有研究，有时候还嘲笑范麦银和我的阅读量。

那时，我们有诗歌、有音乐，我觉得这才是真的大学生活呢。有好几次，我梦见我们三个从校园里走过，大雪纷纷，只有我们三个脸上写着快乐、得意。

范麦银和谷馨是我的流星，一个南方的诗人，一个北方的歌手，两个个子奇高的人短暂地照亮了我的心后就匆匆奔向了他们的人生路，把我丢在灰色的生活里。他们两个人的离开让我对这里的日子更加没有信心了，那年的生活真的是一条发臭的河水，天空掺不进来半点儿雨水。

第四章
2008年 客梦

/ 1 /

贾欣

大二结束的时候,学校一大片一大片的教室全空了,空宿舍一栋一栋的,就像鬼楼,食堂里也关了一半的窗口,就连最热闹的网吧也显得毫无生机。

钟离提议说:"我们要不要去打工挣钱?"

我们心照不宣,突然对财富充满了渴求之心,这是因为对未来的急迫感所致。

我说:"可以啊,去哪里?我们是不是要去送盒饭?"

钟离说:"送盒饭是以后的事业,我们现在想的是发财。"

我说:"这里面还有什么门道?事业不是用来挣钱的?"

钟离说:"事业就是能长期干的,发财的都是短期的事情。"

他接着说:"你有没有感觉?我们虽然来了北京,但是和北京没有任何关系,只是我们的大学的名字里有'北京'两个字,学生证上有'北京'两个字,我们连站在学校大门口拍张照片都不愿意发出去,因为学校太差了,我们都太要面子。"

我说:"说挣钱的事。"

钟离说:"你让我想想,我们得去市里,不能在这荒郊野外的地方继续废下去啊。"

我说:"等着你。"

我左等右等,等不到钟离的发财计划,突然很想家,很想我的那帮高中同学。我打算先回一趟家,继续等钟离的发财大计。

我是在火车站买票时遇到的贾欣。我记得很清楚,她那天穿黑色帽衫和蓝色牛仔裤,如果让我在我们班选一个女孩子追,贾欣是我的首选,因为她身上有种特别安静的特质,似乎她早就想好了一辈子要怎么过。

她有段时间给我介绍对象,说她们宿舍里有个文秘专业的姑娘,是山西姑娘,可好了,这儿好,那儿好,她要是男的就娶了那姑娘,问我要不要。

我说:"我已经有喜欢的姑娘了!"

贾欣说:"是谁?"

那时候我还没和张娟儿在一起,我说:"不方便说给你听。"其实我心里是对她有想法了,只是她那个高中就在一起的小男友经常来看她,还和她一起来我们班上课,我不忍心下手,也没自信。她的小男友上的是名牌大学,一脸的精英样,说好了一毕业就娶贾欣。

她问我买火车票是不是回家,我说:"我也没想好。"

贾欣疑惑地问:"你没想好来买什么票?"

我说:"我不来怎么偶遇你?"

贾欣歪了歪嘴说:"我们又不是最近没见过。"

我打趣说:"每天上课下课的,特别陌生,你去哪里?"

贾欣说:"我要去银川。"

我问:"去银川干啥?"

贾欣说:"回家,我从这边回家很近。"

我问:"还有票吗?"

贾欣说:"喏,这不是,刚买到的。"

我说:"那我也买一张,咱们一起走。"

贾欣问:"你从银川也能走?"

我说:"我去找我兄弟打工。"

贾欣愣了愣问:"你不是说没想好吗?"

我说:"是你启发了我,我就去银川。"

我去窗口和她买了同一趟车的票,十天之后,我们俩在北京西站上了去银川的火车,硬座,要坐十二个小时。

在火车上,我俩刚开始还比较紧张,男女之间的礼仪距离保持得很标准,我问她:"你怎么那么喜欢你男友?"

贾欣说:"不然呢?"

我说:"没看出他哪里好。"

贾欣说:"你在社长那里为什么说我的坏话?"

我说:"我没有吧。"

贾欣说:"你说了。"

我嘿嘿笑了笑,说:"我说什么?"

贾欣说:"你说的,我连报纸都发不好。"

我说:"你在哪个社来着?"

贾欣说:"'梧桐树下'啊。"

我说:"那我可能说过。"

她伸出手来在我的胳膊上使劲掐了一把,我疼得"啊"了一声,眼泪打转。

贾欣说:"我一直等着报仇呢,这下终于逮到机会了。"

我嘿嘿一笑,说:"这下解恨了。"

贾欣说:"扯平了。"

她转头看向车外，我看到她白皙的脖子，微微嗅到了她的洗发水的味道，想着，她要是我的爱人该多好。她那么淡然素净，让人心里踏实，就像一个妻子的样子。当时脑子里产生的这种记忆一直伴随着我直到今天。

贾欣转过头来，问："你到底喜欢谁？"

我看了她一眼。

贾欣问："刘文静？"

我说："不是。"

贾欣继续问："冉玥？"

我说："不是。"

贾欣挠了挠头说："那就没了啊。刘文静在班里最有才，是才女，冉玥长得最好看。没谁了。"

我说："那就不可能是其他专业的人？"

贾欣说："你喜欢的女的肯定是文学院的啊。"

我说："你再猜。"

贾欣说："不会是潘凡凡吧？"

我说："你说的这三个人我连话都没和她们说过一句。"

贾欣说："那就没了，猜不到了。"

我说："你能猜到。"

贾欣说："算了，算了，累。"

我笑了笑说："好。"然后我往车厢里看了看，回头对她说，"就是你。"

贾欣猛地回头，说："不可能。"

我说："我天天上课坐你后面。"

贾欣说："我还以为你喜欢坐最后一排。"

我说:"那是因为你喜欢坐倒数第二排。"

贾欣转头继续看向车窗外,好几个小时没说话。我心里像被塞进去一块楔子,发紧。

车到石家庄时我下去抽了根烟,买了两根玉米,把其中一根递给她,说:"别尴尬了,吃玉米。"

贾欣说:"我才没有尴尬。"

我问她:"我是不是不应该说?"

贾欣说:"你晚了。"

我问:"哪里晚了?"

贾欣说:"你出现得太晚了。"

我说:"你和你男朋友真能结婚?"

贾欣说:"肯定的,我要和他好好过一辈子。"

我点点头,把玉米拿在手里啃完,然后抱头大睡。半夜的时候,贾欣说她的腿太疼了,我把她的两条腿抱上来,让她横坐着把腿放在我的腿上,问:"这样是不是舒服点儿了?"

她点了点头,表情很痛苦。

我问:"你干吗不买卧铺票?"

贾欣说:"钱都给我男朋友买新手机了。"

凌晨的时候,她抱着我的脖子熟睡了,我抱着她的腿,生怕她掉下去。她的头枕在我的肩上,我那一刻想起了不辞而别的张娟儿,我的爱人,你到底在哪里啊?我很多次梦见那个被废纸填满的报刊亭,我低下头看看贾欣单薄的眼皮,真想把自己的嘴唇贴上去吻她一下。那时候我冷极了,孤独极了。

我在银川的前一站下了车,下午在我哥们的床上醒来,在厕所蹲了二十多分钟才拉出来。我一坐火车就便秘。

回到他的宿舍我打开手机,看到贾欣发的短信,问我怎么不见了。

我回她:"我已经在朋友这里了。"

/ 2 /
涛子和强子

我吃了哥们涛子买的两个包子,打开他放在床头的手机,看了几个 A 片的片段,看得有了生理反应后,把被子夹在两腿中间,又美美地睡了一觉。我这哥们高考考得不好,等了半年又参加了成人高考,考上了一所大学的工商管理专业。我从初中开始到高中看的所有 A 片都是从他这里看到的,对我来说他就是我的性知识的领路人。

晚上时他又带着包子回来了,我问他:"不给我接风洗尘去喝点儿?"

涛子说:"你别着急,强子也要来了,从兰州来。"

我问:"那我们集合全了,是不是需要去干点儿大事?"

涛子说:"从长计议。"

我说:"强子鬼点子多,咱们等他。"

我把两个包子都吃了,然后才看见涛子眼巴巴地看着我,我问:"你没吃啊?"

涛子说:"没吃,最近真的太穷了。"

我说:"走,我身上还有几十元,咱们去吃顿好的。"

我们到了麻辣烫摊位猛吃了一顿,涛子说:"好久没吃饱过了。"

我看着他那干瘦的身躯，不由得心生涟漪，想到我们仨十多年的友谊。

涛子瘦高，脸上小时候被烫了一个小红桃印子，脑子极其聪明，数学题看一眼就会解，手工做得极好，我那时想象着他能成为机械制造专家。他额头特别大，像寿星那么大。

强子很壮但个头矮，是老谋深算型的，做事特别稳，考上了我们本省的建筑大学，完成了他的梦想。他穿衣服有个特点就是从小学六年级就开始穿中山装了，初一就留起了鲁迅的一字胡，在大家的记忆中他就是个老头子。

我是三个人中间的小弟，冲动型的，他们俩常常对我说的话就是"别冲动，别冲动"，可我还是常常冲动做傻事。

第二天中午，我和涛子坐在他们学校公园的椅子上，把袜子脱下来搭在椅背上晒着，脚也被晒得暖暖的。

我说："好久没这么空空的感觉了。"

涛子说："你在你们学校也敢这样？"

我说："我们学校没这么大的太阳，我们学校有太阳吗？你这么一问，我都想不起来了。"

涛子说："现在学校放假了，幸好没老师，不然我就被你害惨了。"

我说："还是你们学校好啊，有浓浓的生活感。"

涛子说："你的书写得如何了？"

我说："快完稿了。"

涛子问："里头有没有我？"

我说："这次还没你。"

他问我为什么，我说："我还没看出你有什么文学色彩。"

他问我我是不是记仇，我说："哪有？不能有。"

涛子说："上次你和强子去北京打工，我没和你们一起去，你们两个就对我有意见了。"

我说那次他没去可惜了,强子和我才是勇士,那是青春里很少有的记忆,他没体验过,就是前途未卜,前路不知,随遇而安。我们还因为我们胡子太长而被饭店拒绝录用。我们坐在大马路上把胡子剃了,强子剃到一半的时候剃须刀没电了,而且强子剃胡子喜欢左右剃,不是先剃了鼻子下面再剃下巴,最后他就是左半边没胡子了,右半边还有。

涛子说:"那你的书里有他?"

我说:"必须有的。"

涛子说:"那好,等我最近有钱了,我做你的投资人,出版社出多少册,我再加一倍行不?"

我惊讶地看着他说:"没看出来啊,工商管理真不是白学的,你都明白这事了。行,我在扉页写一句,'此书献给我的哥们涛子',如何?"

涛子说:"能用全名吗?'此书献给苏涛先生'。"

我说:"就这么说定了。"

涛子问我:"是不是那次去了北京,才下定决心去北京上学?"

我说:"咱们初中不是说好了2008年三个人都在北京吗?你们两个骗子,现在只有我一个人去了。而此时此刻,我们没有一个人在北京。"

涛子说:"小时候喜欢夸海口,现在谁说话敢那么斩钉截铁?"

我给涛子说:"2006年那次去北京,我真的喜欢上了北京,北京很丰满,丰满懂吗?就是要啥有啥。有时候又像一座地狱,欢迎你来。"

涛子说:"去,发了财就去。"

我说:"其实我也不了解北京,越来越不了解。"

强子来的那天天气有点儿阴,涛子他们学校放假了,我们只能翻墙进出。保安明明看见我们在翻墙也不说什么,静静地看着我们翻墙,这让我翻得相当心虚。

强子说:"你看这就是规矩,他们不能开门,我们也只能翻墙。"

涛子说:"成人世界的规矩。"

我补充说:"你们都变了,变得爱总结了,喜欢说一些真理。"

我们在宿舍坐定后,强子说我们在一个村里长到这么大,一直安分守己,谨小慎微,这样不会有出息的。经过他在大学两年的经验积累,他觉得我们就算毕业了,也不会是人上人,所以我们要趁现在醒悟,必须去干大事。

他说着吸了一下鼻涕。强子的鼻涕一直伴随着他,他已经把吸鼻涕这件事融入他的灵魂里,那动作特别有城府,一个简单的动作被他赋予了意义。我敢保证,吸鼻涕这件事全世界没有人比得过我的哥们强子。

我问:"干大事,不会要违法吧,我还没有完成我的梦想,还没有做完想做的事情,可不想就这样交待了。"

强子说:"你交待个屁,你看你那穷样,还完成梦想,梦想是不是得用钱来完成?"

我哑口无言。我一向把强子当大哥,不论他做出什么样的决定,我都五体投地地跟随他,因为我总觉得他会让我们走向成功,这种迷信一直持续到现在,还将持续下去。

涛子圆话说:"就这么定了,先挣钱。"

强子的改变是让人瞠目结舌的,他在大学这两年经历了什么,我从来没有仔细盘问过,这完全不符合我的性格。但是他确实变了,我从他躲闪的眼神就能看出来。

涛子反而是让我很意外的,在我大三的时候,他把一个饭店服务员的肚子搞大了,立马结了婚,速度之快都没有让我回神买一张火车票去参加他的婚礼。强子在涛子的婚礼上给我打来电话说:"这小子真幸福,这么早就有了老婆还有了孩子,我们要向他学习,早走向幸福才对,只有幸福的生活才是重要的。"

闪婚之后的涛子接着生了三个孩子,他从卖锅炉干起,最后卖挖掘机,等挖掘机不好卖的时候,他就开始卖装修建材。奇怪的是他保持着一个之前我们从未发现的爱好,就是看电影。我们在朋友圈找一些冷门电影资源的时候,他会扔过来网盘链接,这让我很质疑他的另一面,难道看A片的他后来精进了?

强子带来的发财计划是:他在这一年里锤炼社交能力,认识各种政商人士,皇天不负有心人,终于认识了一个有实力的大哥,实际上只是个骗子而已,常年干着违法的勾搭,但在强子的眼中这个大哥被神化了,那时候的我们眼界太过于狭窄。据强子说这个大哥每年在各种军校里活动,他每年拥有五个招生名额,当时的价格一个是50万,五个名额就是250万。他给了强子两个名额,强子要做的就是等高考结束后在全国的考生里找到这两个人,然后把这两个人安全地送到大哥面前,一旦成交,强子可以获得20万的介绍费。强子算了一下,我们三个人一起干成功的概率较大,强子在这方面还是很有带头大哥的风范。我们问强子他那个大哥的来路,强子说:"人家就是部队大院里长大的,这都是内部名额。"

强子从背包里拿出一些红头文件,还有一些宣传彩页,说:"我们现在要做的事就是去找人,我们利用这个假期发财,拿到钱后可以去投资其他生意,这就是我们的第一桶金,生死一搏的时候到了兄弟们。"

他站在那里满怀激情,涛子和我也被感染了。那天的天气真美,我们要发财了,会拥有很多漂亮的房子,还有好多长相优秀的女人,一切阴霾即将散去。

/ 3 /
宣传单

几日后,我们去车站货运中心拿到了强子的大哥托运来的几麻袋宣传单,单子上是某某军校的宣传册,我们一人扛了一袋子传单搬到涛子的宿舍里,把破的、烂的、污的都丢了。

强子说:"我们还得在上面写上手机号,这样将传单发出去才会有人联系到我们,但这得是个临时电话号码,不能用我们常用的。"

我说:"真聪明。"

涛子给强子竖起大拇指,问:"是怕出意外?"

强子说:"不是,万一咱们有钱了,成了名人了,电话还被人打多不好?"

我举起手来打算削他:"想得真远。"

强子出去买新的电话号码了,我和涛子在床上躺了一会儿,我问:"我们有钱了,你想干什么?"

涛子说:"还没仔细想过呢,现在想的话,第一件事就是买一套好西服,然后是皮鞋和领带,穿上后去学校里走三圈。"

涛子问我:"你呢?"

涛子这几天暴瘦,这会儿打眼看上去比前几天还要瘦。我说:"我有点儿累,睡一会儿。"

等我睡醒后,天色已晚,我看见强子和涛子正满头大汗地蹲在地上一巴掌一巴掌地拍我们拿到的那些宣传单。

我问:"为啥要拍?"

强子说:"该死的刻章的人把章刻得太薄了,只能粘在手上拍。"

我说:"总比我们用笔写快吧。"

涛子说:"你睡觉可真沉啊,赶紧来换我,我被震得手麻头也麻。"

我翻身下去,把印章从涛子的手上抠下来,他抹了大力胶,撕的时候同时撕掉了他的手心里的一寸皮。

我说:"真恶心。"

涛子说:"你怎么还这么莽撞?和以前一模一样。"

我们三个曾经在高中时期每周一次去学校隔壁的供销社对外承包的车队大院里偷废弃的轮胎卖钱,有一次我们三个抬一个轮胎时由于我太焦躁,一根铁丝从我的手臂上划到了手心里,一条长半米多的口子噗噗往外冒血,这条口子差点儿要了我的命,之后这条口子一直警示我做事要稳重。

我看了一眼印章,上面写着:×××大学,招生办,×××老师,电话××××……

我说:"这×××老师是谁啊?"

强子说:"就是我的化名。"

涛子说:"这些学校都是假的,发这些传单的目的是找到有需求的那两个人,正规的军校是不能发传单的,明白了不?"

我大声说:"都长点儿心吧,我觉得这钱不好挣,搞不好会被抓进去。"

涛子说:"你别尿。"

我说:"老子干了就不会尿。"

强子说:"这才是原来的你嘛,不过感觉你在北京这一年变了个人,说不上哪里变了,变得像个中产阶级,前怕狼后怕虎的。"

我说:"我们就是光脚的不怕穿鞋的。"

"这就对了,我们本一无所有,怕什么?说干就干。"涛子顺嘴这么说。

强子说:"我们现在筹备工作都完毕了,今晚我们去夜总会耍一下,你们要怎么玩?"

涛子说:"最高境界就是咱们三个找女三胞胎。"

强子撇嘴说:"那可不好找。"

我说:"双胞胎也行啊,我和涛子一人一个,你就算了。"我盯着涛子,涛子回眸看着我,笑起来。只要真的开心时,他就是个孩子。

强子说:"算了,算了,等我们挣了钱,庆功时再耍,今晚就去喝啤酒吧。"

/ 4 /
高考

这一年高考的那天,我们三个顶着太阳,跑了十一个考场,把那些传单塞到了在门口等考生的那些家长手里。我们送出的这张纸在他们手里变成了扇子、屁股垫和废纸,他们有些拿在手里看了看,有些看也没看一眼,那一排排家长的脸上满是紧张情绪,就像蹲在马桶上几分钟还没动静的患者。宣传单在他们眼里是废纸,在我们眼里全是希望,这希望背后是我们的发财梦。

第二天,我们又换了十几个学校去发,把涛子宿舍里的那些宣传单都发完了。回去后我们躺在床上呼呼大睡,那一睡我感觉睡了十多天,日后我回想起来，总能记得我青春期的时候睡觉的感觉，那种感觉是踏实的，幸福的，沉静的。

我们每天期望着有电话打进来，强子说："还太早了，高考成绩出来才会有人打电话的，这段时间，我们需要学习进步，同时养精蓄锐准备迎接更加艰苦的战斗。同志们，我刚刚收到了大哥给咱们邮寄来的一笔生活费，足足有2000元，大哥对我们这个片区十分看重，希望我们再接再厉，坚持到底。"

涛子说："没想到大哥对你这么好，不断追加投资！"

我问："你来的时候他给了你多少钱？"

强子说："来的时候他也给了2000。"

我说："这事情真的能干。"

强子说："你到现在还在质疑这件事情？"

我说："我不是那个意思，我说的能干是指大哥让我们很安心。"

强子没说话，瞪了我一眼。

晚饭后大家都比较沉默，我和涛子去厕所拉屎时碰到了，我说："你不是习惯早上拉吗？"

涛子说："现在一天两次了。"

涛子问我："你觉得强子给我们找的这事情能行吗？"

我说："行不行的，你不是都跟着干了？"

涛子说："我现在有点儿不坚定了。"

我说："先干着。"

这时候，强子在楼道里连连咳嗽了几声，我和涛子吓得再无屎意，提上裤子钻进被窝假装打呼。黑暗中我偷偷朝强子望去，看见他一双眼睛冒着贼光。

/ 5 /
骗局

第一个电话是在二十多天后的一个早晨打来的,这是强子办理的那个新号第一次有人打电话进来,这之前每天收到的信息全是定时发送的新闻资讯和广告。我负责每天把那部手机的电充满,把它放在有新信号的地方。

电话里的学生家长特别和蔼,问我们是否有办事处之类的地方,他要来找我们聊一下。

强子说:"说实话,这件事并不光彩,我们为了节省开支并防止大肆宣扬,并没有设立什么办事处,如果您有需求,我们可以约在麦当劳或者肯德基见一面。"

家长问:"为什么是麦当劳或者肯德基呢?"

强子说:"为了大家的人身安全。"

家长说:"你们考虑得还很周到,你们来几个人?"

强子说:"我们三个人,我领导还有领导的秘书?"

家长问:"那你是干什么的?"

强子说:"我就是一个专员。"

约好地方后,我们三个心里其实已经有了 20 万的感觉,感觉腰里有了力气,说话声音也突然变大了,那种喜悦心情很难得,之前没有,之后好像也很少见。

三个人都先去洗了个澡,穿上自己最新的衣服,为的是增加别人对我们的信任感。我们到了约定的地方坐好后,正啃鸡翅时,迎面上来好几个警察将我们围住，问清楚情况后，将我们三个塞进了警车。

这是我第二次坐警车了，第一次是在高中的时候，我租住的屋子隔壁的十三岁的女孩子被强奸，我被警察从教室里带到警车上做笔录，那晚正好我在网吧里打游戏。

警察把我们三个送到一个很隐蔽的院子里，那个院子不是看守所，也不是警队，之所以说隐蔽是因为警车在小巷子里七拐八绕地走了好久才到了这个小院。

我们三个被安置在一个没有床铺的屋子里，屋子在三楼西边，窗户被从外面焊死了，我预计是怕有人轻生跳楼。屋子里面有三张高低床，我们三个人在里面刚开始都静默不语，人生着实没有遇到过这样的局面，有点儿被惊着了。

平静片刻后，强子说："你们一会儿别说话，我来说。"

我和涛子说："好，好。"我们相信担当这件事在关键时刻需要在"大哥"身上点燃一些潜质，这种潜质是信任，也是证明。

窗子外面的景色很美，太阳下山前暖意融融，带着最后的仁慈，我们仨都不由得被晚霞吸引了，站成一排，静静地看着窗外。

涛子突然说："我还是处男呢，还没有女人呢！"

强子和我哈哈大笑，笑得眼泪快要冒出来了。都什么时候了，他脑子里是屎吗？还能想到这些？

涛子说："这才是人生终极命题，你们两个完全不懂什么是人生。"

时间过去很久，也没有人来找我们，中途有人送来三个盒饭，也没说话。

深夜时，我们三个躺在没有被褥的光板床上，聊起我们童年时期的一些祸事，想起我们的好多次逃亡，都没有这次这般正式，才明白小时候遇到的困境其实都是有出路的，人人给我们留下活口，现在不一样了，绝境就是绝境，没有出路，就像眼前的处境，眼前的窗户和窗户外的铁栅栏。

那夜我们是在悲苦中睡着的，之后的人生中好多次想起那一夜的茫然无措，都感谢上苍让我们在年轻的时候就遇到那小小的内心的处罚，以防我们在之后的人生中能不跑得太偏。

第二天早上，我们三个人分别被喊过去做了笔录，就被放了。警察批评教育了我们，是教育局发现了我们散发的那些传单，教育局简单一查就知道我们宣传单上的学校是假的，就报了案，把一场骗局扼杀在萌芽状态。

警察提醒我们别再受人蛊惑去做这些违法的勾当，开车把我们送到了涛子的学校，让我们好好学习天天向上，未来一定要好好贡献社会。

我们三个人坐在涛子的宿舍里片刻后，强子说："我想说两句。"

涛子说："哥们，什么都别说了，我们都理解。"

强子说："我还是想说几句。"

我说："强子，没事，我们在人生当中会遇到很多挫折，留得青山在不愁没柴烧。"

强子说："你们都给我闭嘴，婆婆妈妈的，我是说我们不能就这样沉沦了，还要找其他的机会。我明天就返回兰州，涛子还在这里驻扎，等我的消息。"

涛子说："没问题，做好坚强的后盾是我的使命。"

强子看着我，说："你呢？"

我说："我还没想好。"

强子说："没想好，就先静观其变。"

第五章
2008年 碎梦

/ 1 /
钟离

强子离开银川后,我和涛子继续每天呼呼大睡,睡醒后发呆,看A片,然后继续呼呼大睡。那段时间我们又多了一个爱好,每天去学校里的报刊亭偷报纸看。

涛子说:"太无聊了,我们得找点儿事情做。"

我不知道我们还能做什么,我想继续睡觉,那几天我觉得我的人生比之前还要绝望,就像在黑夜里穿行时还被蒙上了眼,一想起未来就头晕缺氧,一下子就能昏过去,也不饿,根本想不起来吃饭。

某天傍晚,手机上进来一个陕西的号打来的电话,我接起来,电话里面的人说:"苏总,您好,我们这里有特殊服务,您有需求吗?"

我说:"超儿,我可想死你了,你在哪里?"

钟离说:"我在一个小县城,我找到挣钱的门路了。"

我说:"别又是旁门左道的吧。"

钟离说:"不是,是卖东西的,你来了就知道了。"

我想了想,看了看涛子,说:"我可以带一个人去吗?"

钟离说:"只有一个岗位需求,这也是我表哥给介绍的,你先来,到时候再说。"

钟离告诉我从银川怎么到那个县城的汽车路线,我需要倒腾三次长途汽车才能到他那里。

第二天,我告别涛子,一个人出发了,临走前对涛子说:"我先去打前站,要是靠谱,你就来,咱们这次可不能再栽了,要赶在大三开学前挣到钱。"

/ 2 /
传单

和钟离会合的时间是下午四点,我从县城的汽车站出来,太阳正毒,我的短袖都湿透了。小巴车上不仅混杂着汗、屁、奶的味道,还有各种土特产的味道,这些味道让人烦躁得厉害,有那么几次我都想从窗户跳出去了。

我给钟离说:"真是好不容易坚持到这里的。这车比我们天水到北京的四个数字的火车还要臭。"

钟离说:"受苦了兄弟,走,去给你接风洗尘。"

在饭店里坐定后,钟离说他这个表哥之前做假钞生意的,以前就是把假钞卖给学生,一个学生只能买两张 100 元面值的,流窜全国做,一直很安全,后来还是栽了,在号子里待了六年,现在改行做保健品了。

我抬头看着他,问:"假药?"

钟离说他问过他哥了,药是真的,不假,但也不治病,因为剂量不够,但有保证的是,这药是有合法批号的,受法律保护。

我坚信我的厄运快要过去了,这种信心使我心安,所以我大吃了一顿,喝了几杯啤酒,跟着钟离从饭店走到了宾馆里。宾馆是五层楼的,我们住在二楼,是个三人间,我俩各睡一张床,另一张床空着。

钟离说:"今天先睡,明儿我带你去瞅瞅我们要干的事情。"

这晚,我睡得无比安逸,天快亮时还梦遗了。

早饭是包子,在宾馆一楼的餐厅里吃,不好吃也不难吃,吃多少在于每个人的饥饿程度。那个站在柜台前的胖姑娘集保洁、服务员、厨师为一身,目光凶狠,站在那里定定地看着每位食客。我觉得这是她的老板的一种心机,看着她很多人会吃得很少。

钟离随后带我到了宾馆五层的会议室,会议室被钟离的表哥常年承包,所以会议室的门口都是琳琅满目的易拉宝,有些还做成了药瓶子的形状。

钟离说:"每天早上我们俩负责把这些易拉宝摆放到宾馆门口和大堂里。"

钟离说:"现在就干。"

我问:"这就上班了?"

钟离说:"在这里除了昨天那一顿是白吃的,再也没有白吃的饭了兄弟。"

我说:"意思是我们的好日子到头了。"

钟离说:"我们的好日子在高考后就结束了。"

我说:"就你牛,你们这些人怎么都这么善于总结?"

钟离问:"还有谁?"

我说:"还有我的其他几个兄弟。"

钟离说:"你的所有兄弟里我是不是最牛的?"

我说:"那不知道。"

钟离说:"你看着吧,我会证明给你看,我是最牛的。"

我问他:"为什么这么自信?"

钟离说:"咱们同龄人里面,没有人比我想得更加明白了,你知道为什么吗?"

我疑惑地说:"你说说看?"

钟离说:"因为我明白了死亡的意义。"

我追问:"死亡的意义是什么?"

钟离答:"死亡的意义就是什么都归零,迟早要为零,那就可以放开了。你懂什么是放开吗?就是无所顾忌。你就是顾忌太多。"

我默默不知对答。

我们把易拉宝摆好以后,便去会议室上课了,上课的是钟离的表哥从西南边请来的"中国药王",这位中国药王奇瘦,但是有两米高,秃顶,一口东北话。这次是内部培训会议,周边市县的人都集中在这里开会,因为这个县的地理位置比较居中,药王才驾临此地。当然这和钟离的表哥的运作能力不可分割,其他人还请不到老头来呢。

我坐在最后一排听完了两个小时的课,说实在的,如果不是我身上有反成功学的潜质,我就给这位"药王"跪下了,他那张沟壑纵横的脸上写满了适者生存和大慈大悲。

我们现在主打一款保持体能的保健药,叫"百宝灵",字面意思就是此药品由上百种珍贵药材制成,针对的消费群体是老年人。

药王说了,老年人没大钱,有小钱,越老越惜命,他们的购买行为忠诚,消费心理全靠自我心理安慰。

钟离的表哥对我和钟离的要求是每星期的健康讲座要拉到一百人到场。他说不论用什么办法,必须达标,到场的老人还每人送一个洗脸盆。

而我们每卖掉一瓶药,他给我们每人 5 元钱的提成。我和钟离有一天躺在床上算了一下这个县城的人口，40万人，10万人来买我们的药，一人一瓶，我们就能每人拿到50万元了。一想到这些钱，我们就无比兴奋地去发传单了，大街小巷，有时候还会去县下面的镇子里，白天黑夜地跑。我俩相当敬业，每天发掉上百张传单。钟离说："我们如果能发掉40万张传单，就离成功不远了。想象一下，我们现在就发财了，在我们二十多岁的时候，我们再也不用回去上那破学校了，从此过上自己有钱自己随便花的好日子。"

晚上我们躺在床上看电视剧，一部接一部地看。电视台的广告太多了，我们就让宾馆配了影碟机，去楼下租了很多DVD来看，一整晚一整晚地看。钟离喜欢看古装悬疑探案的电视剧，我就跟着他看，看的时候很容易睡着，但是他胆子太小，每每看到恐怖情节就把我喊醒。我假装陪他看一会儿，其实没看。那些电视剧的故事特别幼稚，仔细一琢磨全是漏洞，钟离选择相信这些故事，于是获得了乐趣，相信这世界上还有一种江湖规矩，也相信这个世界上有世外桃源。

起初每星期的健康讲堂来很多人，但他们都不买药，听完就走。还有些长期客户，我们私底下喊他们"病赖"，他们都没病，觉得自己快生病了，没病也快被自己折腾病了。他们每次都来，不认真听，也不说话，兴许是无聊闲的。一直到了第二个月，药品才有了动销。

健康大讲堂都是钟离的表哥负责演讲，开场先放十几分钟特别吓人的电视录像，剪辑几个各种疾病久治不愈的案例，营造恐惧心理，老人们看完都觉得自己得了病，没病也被吓出病来，到了快结束的时候，再放一段用药后的反馈录像，患者脸上都释放出得救了的幸福表情，老人们的心理防线就在这微妙的瞬间被击穿了，购买心理形成。

钟离的表哥还有个最重要的工作是把这药推广进县城里的所有药店，县城里的药店全部搞完后还要下乡去各个镇里的药店推销。药店卖多少药不重要，重要的是进门处的展位，为了在药店门口码上堆头，钟离的表哥经常请药店的人吃饭，我和钟离就去作陪。那是在我们的记忆中十分美好的日子，因为钟离这小子长得特别像个有钱人，在饭桌上一座，不说话，钟离的表哥的那些客户就觉得我们这帮人不简单，不敢轻易撂挑子。我和钟离呢，开场握个手，离场握个手，中间听他们扯皮、撒谎、吹牛，不用走心，偶尔配合笑一下，吃饱喝足后回宾馆睡觉，看电视剧。那段时间我感受到了故事的魅力，故事是在人们的时间静止时唯一有价值的东西，其他的东西都抵不过时间。

我和钟离发传单发出了乐趣，每天看见一家子三四口人同行的时候，喜欢把传单塞到爸爸的手里，因为爸爸是最能接受传单的，自己安全感强，同时上有老下有小。有的爸爸感兴趣会驻足问很多问题，钟离负责解答，我则负责和孩子聊天。

有一天我们去一个镇里发传单，因为镇里正在开商品交易会，同时请来了一个秦腔剧团造势，我和钟离在人缝里发掉了一百多张传单，但是有个找事的姑娘说钟离摸她的屁股了，钟离说："给我摸我都不会摸的呀。"

那姑娘长得一看就是个事儿精，说："你占了便宜还不承认，我的屁股都被你摸熟了，你看现在还热乎着呢。"说着她把自己的手放在了屁股上。

钟离说："你是不是耍流氓？"

姑娘说："你才是流氓呢。"

接着过来了几个头发五颜六色、穿整套牛仔服装的小伙子，上来就给钟离几巴掌。钟离疼得急了，上脚踹了其中一个小伙子，他们便把钟离摁在地上打。我抄起放在角落的一辆自行车，砸在了那几个人身上。

后来的景象就像卡住的磁带，没有正确的旋律也没有记忆，当晚我和钟离躺在宾馆的床上时,只有被揍后的恼火和身体疼痛带来的无望感。

第二天我们没有出工,趴在窗沿看雨,连续三天的大雨浇透了一切。那个县城的雨下起来天黑咕隆咚的,白天黑夜再也没有界限了。

钟离说:"我们好了,要去报仇。"

我相信一切自然会消解情绪,但对于钟离来说是相反的,这一点是在很久之后我才总结出来的。他的心中只有时间,整块整块的时间,他的心思早就穿透了一切眼前的迷雾,直抵自己内心最迫切的需求。

我说:"算了吧。"

钟离恶狠狠地问我:"你是怕了?"

我说:"我不怕他们,怕你。"

钟离问:"我有什么好怕的?"

我说:"你今儿打了他们,明儿他们就来宾馆闹事,你表哥的生意、我们的生意还往下做吗?"

钟离说:"他们还能杀人?"

我吞了口唾沫,说:"咱们好好休息几天,过几天再说。"

天气转晴后,我们的生意突然大好,老年人的身体问题在阴雨天气后都暴露了出来,他们呼啦啦地往我们这里跑,药卖得出乎意料地快,快到超出了我们的想象,存货都跟不上了,钟离的表哥让西安那边的总销持续往这边发了好几批。

我们俩后来的工作不再是发传单了,改成专门照顾来宾馆听课的老年人。因为健康讲堂的时长问题,很多老年人不是小便失控就是睡着后着凉抽搐,有一次我们还送一个去了医院。钟离的表哥接上级指示,说我们现在该骗的钱也差不多了,要撤,再干下去就会出岔子了。

按照以往的惯例是钟离的表哥撤走,再来一帮人,换一个产品卖,钟离的表哥有点儿贪心,想再卖几个月新产品——电椅。但是他给之前来的那个药王打去电话后，药王的高瞻远瞩说服了他，他决心先撤走一年，去了甘肃的一个县继续卖药，把我和钟离留下来给了后面来的人用，让我们好好辅助新来的人。他说已经打好招呼了，新来的人会好好照顾我们。

但是新来的人并没有重用我们，因为新来的人无心卖药，而是整日游手好闲，说在考察市场，其实是不知道在这里卖什么合适，是个草包。

十几天后，他开始卖壮阳药。他认为这个地区人口贫乏，消费能力低，人口没有活力，全是因为男性缺乏性欲，他要改善这一情况，让这里的男性都自信起来。

我和钟离每日下午把几百张壮阳药的广告塞进这个县城的男人手中，然后第二天准备随时接电话送药上门。对，我们都是送货上门，因为买这些药的人无比娇羞，谁会因为这件事沾沾自喜呢？

钟离说："我们有一天也会像他们一样这么羞愧，你信不信？"

我看了看他的裆部，说："你还是个处男，就这么想。"

他欣欣然说："找机会突破一下，看我们这传单上的至理名言——年轻时硬着等，老了等着硬。这太有生活经验了。"

/ 3 /

张娟儿

我的手机响了又断，断了又响，我第五次接听时已经气得要骂娘了，那边的人才开口说话,是张娟儿。

我对钟离说:"是张娟儿,你信不信?"

钟离说:"别做梦了好不好?都多久了,你还没醒过来?"

我说:"是真的。"

我问她:"你在哪里?怎么当初一句话没说就走了?"

张娟儿说:"不知道该怎么说。"

我说:"你现在在哪里?"

张娟儿说:"我在首尔。"

我问:"你在那边干什么?"

张娟儿说:"做贸易呢。"

我不激动,特别冷静,坐在床上不知道再往下问什么。

我说:"你走了,我很伤心,还哭了。"

钟离坐在床上幸灾乐祸地说:"这狗东西真哭了。"

我问她:"那你现在过得好不好?"

张娟儿说:"还可以。"然后她说,"你去卫生间,我有话说。"

我说:"这里没人。"

张娟儿说:"钟离。"

我说:"好。"

我从宾馆房间出去,下了楼梯,走到宾馆前台,出了宾馆大门,说:"你讲。"

张娟儿说:"不知道怎么说,唉!"

我说:"都这么久了,你不应该给我讲讲清楚吗?"

张娟儿说:"我高中的时候去酒吧被人下药了,还怀了孕。"

我心里一惊,颤巍巍地问:"那孩子呢?"

张娟儿说:"打掉了。"

我说:"那找到那人了吗?"

张娟儿说:"我父母没报警。"

我说:"哦。"

她说所以她很早就去了我们学校,本来想好好念书的,但是没心思了,就做点儿生意。

我吐不出一句话,站在那里,看着远处模糊不清的山,说:"我……我……我也不知道我想说什么。"

张娟儿说:"你不说也行,听着。"

我说:"好,我听着,现在是半夜,眼前都没有灯,全是黑的,很安静,现在就只有你的声音。"

张娟儿说:"怎么讲呢,我和你在一起的时间越长,压力就越大。你这人吧不知道怎么就让人舍不得伤你,心疼你。"

"我觉得你这人挺冷血的,我在你那里找不到安全感。"

"你让我觉得自己挺脏的。"

我说:"真没有。"

张娟儿说:"没有个屁,所以我不敢和你说实话。"

我问:"那现在怎么办?"

张娟儿说:"我家里给我找了个外地的男人,我跟他走了,反正他不在乎我的过去。"

我又不知道说什么了,顿了一会儿,问:"你在首尔了?"

张娟儿说:"你过好你自己的日子。"

我心里想,没有男人不在乎自己的女人的过去,但是没张嘴。这句话像一个没嚼碎硬咽下去的长豆角,噎住了我。我心口剧痛,想起张娟儿那单薄的身体,想起她扎在头顶的小辫子,想起她白皙的后脖颈儿,心里突然空落落的,像失去了什么巨大的此生不再有的东西。

我一步一级楼梯地走到宾馆房间里时，天蒙蒙亮了。

我进去把钟离喊起来，他说："你个狗东西，不让我好好睡觉。"

那段时间，钟离在宾馆隔壁的影像店里租来了全套的《神探狄仁杰》和《少年包青天》，每天晚上看到自己睡着，每每到音乐极其恐怖的时候就哈哈大笑。我经常被他笑醒，这时候再也不会从床底下抽出一根钢管朝他打去了。

我问："你还记得白真吗？"

钟离不解："怎么突然提白真？"

我说："你说说我们身边的女孩子，怎么动不动就不见了？"

钟离说："我们这些人，来咱们学校都是无可奈何地来的，所以也就无始无终地走了，咱们得接受这个事实。"

我说："我有点儿受不了了。"

钟离说："现在没有回头路，身边的人都是过客，以后想起这些日子，你只有哭的份，谁让我们之前不好好努力呢？

"你知道你为什么想当个作家吗？因为你孤独，心里有事，但没人听你说，听你说了你也聊不透。"

这年的夏天特别长，长到我感觉要把一生的夏天过完。我和钟离在一个西北小县城里，整夜整夜地看电视剧，白天一整天一整天地睡觉。每天傍晚必有一场暴雨，我们两个经常站在宾馆的门外看大雨如注。

钟离说："人生真安静。"

我说："屁，人生太乱套了。"

钟离问："你知道白真之前多牛吗？"

我反问："怎么牛了？"

钟离说："白真在上高中的时候是提刀的那种姑娘，有自己的帮派的。"

我说："根本看不出来。"

钟离说："你看，她长大了是不是变了？没几年就变了。"

我说："变得真快啊。"

钟离说："人到了该变的时候就变了，都会长大的，长大了就很悲凉。我听我妈说白真后来在传销组织里差点儿出不来，被男人骗进去的。"

我说："你最近变得特别深沉，以前都是我教育你，现在怎么变成你教育我了？"

钟离说："人都是会变的，你看你，变得妥协了，我变睿智了。"

我说："真他妈的。"

在雨季里，我们在发霉，我们的生活也在发霉，我们找不到丝毫原动力和对未来的信心。

/ 4 /
台秀竹

这段时间在我的人生中我无法找到形容词来定义，似乎是有力量的一种青春，但是我们两个活得就像老人，饥不择食，爱情无法寄托，身体饱满但无法释放情绪。在无法找到希望的时候，我们都渴望某种情感来暖和我们。

在张娟儿的事情有了后来的那一通电话后,我瞬间蔫了。我的人生总是厄运不断,我问钟离,你说我们和那些优秀、读名校、出身好的人相比,有什么欢乐而言吗?

钟离说:"大海,你真是个孩子。"

我疑惑地问:"我怎么了?"

钟离说:"你就是个孩子,我们不应该想那么多,活着就好了。欢乐是什么?有欢乐是错误的。"

我真的一直想过上快乐的日子,但是没想到钟离如此悲观。我从来没思考过在他那深沉的眼睛后面,是那么可怕的悲凉的心。

我们俩想过离开那个小县城,回到北京的学校里去,但是北京的学校里面弥漫的绝望气息比县城里还要浓。县城的绝望是隔三岔五地来的,但是学校里的绝望是一整月连着一整月地出现,两者相比的话,我们还是愿意留在这里,这里至少有一些宁静生活是值得我们眷恋的。

钟离后来经常半夜就消失一阵,我以为他养成了半夜拉屎的恶习,几日后才知道在这期间他有了一个女孩,有了爱情,这爱情生猛无比。那个女孩是宾馆烧开水的,这点让我至今没有想明白,钟离为何会在那种境况下爱上一个烧开水的女孩?那个女孩子是能完全靠自己的样貌在小地方活得很好的人,就是这样的两个人之间产生了爱情,令人匪夷所思的爱情。

女孩子负责给每个房间灌开水,其实她只需把暖壶放在房间门口便可,每天在整个宾馆上上下下就是她的工作,但是钟离因为每日喝水过量经常自己去补水,借这个便利认识了这个叫台秀竹的女孩。开水房在宾馆的后门出去的地下一层,地下一层再往外走就是一个宽阔的小院子,院子里有花坛,每天阳光照射八小时以上,所以地面干裂。我好多次在窗口看见过这个小院,一直想进去看看走走,没想到钟离早就踩过了这块地方,还把这块地方变成了他的爱情温床。

有了台秀竹这女孩,钟离的生活水平急速提升,毕竟她是本地人,生活资源要丰富很多,时不时会提着锅碗瓢盆来我们的房间,看着我们吃完东西,然后收拾好就走了。

我问钟离:"秀竹的什么地方吸引了你?"

钟离说:"我看见她就感觉特别踏实,像看到了妻子。"

我说:"去你大爷的,你恶心不?这么一本正经地胡说八道。"

钟离说:"大海,真的,你遇到过让你感觉内心特别踏实的女孩子吗?"

我仰起头想了想,转下头来说:"我还真没遇到过,我遇到的女孩子都是让我心跳加速的。"

钟离说:"你那些都太初级了,你迟早会遇到一个让你感觉踏实的女孩子。"

我问他:"踏实的感觉是什么?"

钟离回答:"就是你想和她生孩子,长长久久地在一起,日升日落,再也不感觉绝望了,再也不感觉人生灰暗了,就关心最细小的事情,什么理想抱负、战天斗地都不是事情了。"

我点了点头,不知道怎么回他。

他令我刮目相看。

台秀竹后来几乎每晚都来我们的房间待半个小时,聊天范围广阔,致使我对这个姑娘充满了好奇心,但是钟离不是,他对这个姑娘就是爱,体现出的是一种精神寄托。我试图探问过台秀竹这个姑娘,但她总是能巧妙地避开话题,我问过烧锅炉的兄弟这个台秀竹到底是什么来路,没有人说得清楚,总之大家都用一句话总结,就是灌开水、送开水的。

最终我在一个保洁员那里获得了答案，台秀竹是宾馆老板的侄女，台秀竹的父亲在这个县城里是个有头有脸的人。在我的追问下，保洁员还透露给我一些消息，台秀竹的所有踪迹在这个县城的高级中学里可以得到答案，她言语之间有着一些嬉笑之意。

我试图从钟离那里得知更多信息，但是他表现出一种前所未有的豁达态度，表示什么都无所谓，所有过去对他来说都无关紧要，他没有心思也没有时间去关心那些事，于是我决心一个人去探究一下。

那段时间宾馆突然爆满，人潮涌动，我仔细一打听，中考结束了，中专院校的招生办入住宾馆，并在宾馆临街的楼面上贴满了广告和红色的宣传条幅。中专院校最后的狂欢在炙热的夏季跳动，整个宾馆看上去热火朝天，像过大年。有一个山西的姑娘出现在我的自行车后座上，我几乎想不起来那辆自行车是哪里来的了。自行车是银色的，有可能是我偷来的，但逻辑上不对，我不可能明目张胆地在大路上骑偷来的车。

她是大二的学生，在那种教授挖掘机和各种厨师的学校里兼职招生。这所学校在西安市，在校人数达十万之众，学校品牌很好，就业率奇高，他们的招生宣传语就是——只要不疯不傻，毕业后都能找到工作。他们招生办的房间和我们的在同一层，但他们聪明在为了学生咨询方便把房间租在楼梯口。他们这所学校来了两个女生和一个老师，两个女生一个胖一个瘦，瘦的叫何小红。

要说何小红有多好看，我觉得她连张娟儿的小拇指都不如，但是她身上有一股懒洋洋的气息特别动人。她是齐肩的那种中长发，皮肤很亮，浑身发软，站在门口必须倚着门，不然就会落下去瘫在地上。

我事后回想，是她的眼睛吸引了我，不论我多晚走上楼梯，她都倚在门框上看我，一直看，直到我进门她才回神。

我问钟离:"你见过那个楼梯口一直盯着人看的女子吗?"

钟离说:"见过,像不像青楼里面的花魁?"

我说:"还真像。"

钟离说:"你敢去问问多少钱吗?"

我说:"会被人打死的。"

钟离说:"你去问问试试,咱们在这里也算有人缘了,怕个锤子。"

当天晚上,何小红他们学校的人就和住在他们隔壁的另一家学校招生的人发生了冲突,何小红的领导跑到人家那个屋子里把东西全部砸了。因为两个学生名额,谁也不是吃素的人,都不是省油的灯,对方找来了很多人要把这事摆平。

何小红就是那晚跑到我们房间来躲事的,我当时觉得这姑娘忘恩负义,自己的领导被人关在屋子里打,她自己躲我们这里来了。

钟离让她坐下,递过去水,说:"你别怕,他们打完就走了。"

何小红说:"你听,他们打得也太狠了。"

钟离说:"你们那个什么主任,把人家的东西都砸了。"

何小红说:"那家学校因为平时上课都是穿军装,绿绿的军装,很多男孩子喜欢军装,就报名上那家了,但是我们家的实力强啊,硬件、软件都强,两个学生刚开始报了他们家,后来了解清楚了来我们家了,那家的人就来找事,还不给退报名费。"

钟离说:"那就不要退了!"

何小红说:"一个人 300 元呢,好多钱。"

我说:"这得退。"

何小红说:"但是报名费不用上交给学校,属于招生办的人自己的花销。"

钟离说:"这人家肯定不退。"

何小红说:"娘呀,你们可真是吵死了,听听那边什么动静呀。"

我说:"那边没动静了,估计现在要么打死人了,要么人都被送去医院了。"

何小红说:"我就说我不想来,不想来,我那个死同学非要来。"

我问:"就是那个胖墩儿?"

何小红说:"你不要这样说人家。"

我说:"好,好,不说,不说,那她叫什么?"

何小红说:"她叫吴雪梅。"

我问:"那你叫什么?"

何小红说:"我叫何小红。"

我说:"哪个小?"

何小红说:"大小的小呀。"

钟离说:"没事了,我出去看看有什么需要帮忙的。"

钟离出去后,何小红说:"你们是卖假药的吧。"

我说:"我们卖的是药,假不假不知道啊。"

何小红说:"他们都说你们卖的是假药。"

我问:"都是谁说的?"

何小红说:"你可别出去说,整个宾馆的人都说你们卖的是假药。"

我说:"宾馆的人都瞎说,他们没吃过,怎么鉴定药是假的?"

何小红问:"万一他们吃过呢?"

我说:"那也有可能。"

何小红问我:"你为什么卖假药啊?"

我说:"我没有其他事情可以做。"

何小红说:"你可以和我一起给中专招生呀。"

我说:"那你要我吗?"

何小红说:"之前我就想喊你来,但是现在不行了,我们领导都被打了。"

我说:"这也太惨了。"

何小红说:"是的,好悲伤呢。"说着她都哭了。

我说:"咱们能不哭吗?"

见何小红没说话,我又说:"你哭起来嘴唇太厚了。"

何小红问:"厚好看不好看呀?"

我说:"太好看了,你继续哭啊。"

何小红被气笑了,咧着嘴说:"到底哭不哭呀?"

我问她:"我可以和你谈对象吗?"

何小红问:"你看上我什么了?"

我说:"我看见你就像看到我老婆的感觉。"

何小红说:"你胡说。"

我说:"我说的是真的。"

何小红说:"你再说一个理由。"

我说:"我喜欢你的手指。"

何小红看了看自己的手,说:"我的手真好看呀,我之前没有发现呢。"

我说:"你的手真好看呀。"

何小红说:"把你的手机拿过来给我。"

我把手机递过去,她摁了几下,说:"我把我的手机号给你存了,然后给我的电话号码也拨了一下,给你。"

我确认:"我们这就建立友谊了?"

何小红说:"是的,你喊我小何,我喊你小苏,试试?"

我说:"小何!"

何小红说:"小苏!"

她又哭了,我当时也有点儿想哭,我感觉我们是两个从冰窖里爬出来的人。

何小红问:"你说他们打架打完了吗?打完了我还要回去睡觉呢,我一哭就困,现在都困得不得了了呢。"

我说:"你可以在这里睡。"

何小红说:"你们男生的被褥都臭,我不想睡。"

我说:"你试试我的,我的兴许不臭。"

何小红说:"都臭,都臭,没有不臭的。"说着她又哭了起来,然后接着说,"你把你的手机拿来。"

我将手机递过去,她说:"我把手机铃声改一下,我打电话你就知道是谁了。"

这一刻的幸福感在我心头保留至今,就像两个偷偷爱着的人在一群人面前有暗号一样,这种感觉甜到让人眩晕。

何小红问我:"你为什么总不换衣服呢?"

我说:"我每天都换,只是我的衣服都是同样的款式有三件以上,别人看不出来。"

我还发现了她低头时其实是她最美的样子,在她的正面坐下,想办法让她害羞,她低下头去,似笑非笑时最好看了,但她的害羞很单纯。之后她在别的男人的生命里是否还有这种害羞的样子,是否有别的男人发现过她最美的时候不得而知。

后来的很多天,她都穿着白衬衣和牛仔裤坐在我的自行车的后座上,我们从早上十点在和煦的阳光下从宾馆出发,从小县城人最少的那条路上穿行过去,到那片无边无际的麦田边,她坐在后座上,摇着双腿,哼唱着歌曲,双手有时候抱在我的腰上,有时候举在空中,那是我见过的最可爱的女孩，一尘不染。

我问她，她是怎么来到这个世界上的？

她说："我妈妈生的。"

我说："你学什么专业的？"

她说："不要问我关于我的任何事，我会告诉你的，你别着急。"

我说："好呢，我不问了。"

她说："你真好。"

我问："你说，我们两个会结婚吗？"

她说："我想想哈，我嫁给了一个卖假药的人，哈哈哈，你搞笑呢？"

我说："我可能还有另一种人生，你没看到。"

她说："你闭嘴吧，你看前面的路，别掉沟里了。"

我说："我能吻你吗？"

她说："你还不闭嘴啊？"

我停顿，片刻没有说话，大口呼吸几下，停下车，把车放倒，说："我今天必须亲你，你说怎么办吧？"

她说："好。"然后她扑上来一口咬住我的嘴。

我喊疼。

她说："你记住，我就是疼的感觉。"

那一刻，我脑子里巨浪翻涌，海面上的船全部翻了，我的人生，我的爱情，我的大学生活，我的未来，我的前途，我眼前的小何。

/ 5 /

何小红

钟离对我和小何的爱情的疑惑就像我对他的爱情的疑惑一样深重。不明不白,不清不楚,在我们改变自己的身份后获得的情感关系也是让我们无比意外的。

我对钟离说,我预感到我们未来光明,会过上正常的日子。我们如果需要做三十年噩梦的话,也快到头了。

我问钟离他现在还有什么噩梦不。

钟离说:"寒暑假作业。"

我说:"我还是高考那事,我觉得我是愧疚感,愧疚不是针对自己,是针对父母。"

钟离说:"我对父母没有愧疚之心,而是觉得我和他们平等了。"

我说:"你是什么时间觉得你和他们平等的?"

钟离说:"我知道我要比他们早死的时候。"

我一直对于死亡这件事没有谈论的能力,到现在也是,也可能不是因为死亡这件事本身,是我对我没有认知的全部东西没有谈论的动力。

我问钟离:"你现在感觉整个身体如何?"

钟离说:"我感觉这十多年一样。"

我说:"我的意思是你和常人有什么区别?"

钟离说:"我不在你的身体里,怎么知道常人如何?"

我突然觉得自己很可笑,说:"对哦,我的意思是你感觉你哪里不行?"

钟离说："我感觉自己在衰老，现在都六十岁了，明年就七十岁了。"

他转过头去看了一眼远方，一股从我心里钻出来的疼直接往我的脑子里冲。我回过头来，没有看他的眼睛，不知道怎么接他的这句话。他已经几个月不剃胡子了，因为胡子不再生长，下巴上光秃秃的。

后来的一段时间里小县城经常一瞬间就下起阵雨，好端端的大太阳天就下起雨来，我和小何经常被雨浇湿。她被雨浇湿的样子特别丧，就像死了爹妈一样，悲伤又可笑。

小何说我被雨冲过后也像变了个人，变得帅了。我问她有多帅，她说和她想象的未来自己的男人一样，就是个子太矮了。

我问她："我不是你的未来吗？"

小何说："我的未来是个卖假药的人啊。"

我说："我也在上学呢。"

小何说："我知道你们那学校，上了出来还会回来卖假药。"

我说："那好吧，卖假药的人就不能拥有家庭啊？"

小何说："我就讨厌你们这些卖假药的人，你们太害人了。"

我说："那我不卖了。"

小何说："现在就不卖了！"

我说："现在就不卖了。"

她蹲在地上抱着头哭，说："为什么就你这么听话？"

我问："谁不听话？"

小何说："你别问了。"

我说："你别哭了，我不问了。"

我一直有特别好的天分，总是能让女孩子哭起来，在我面前哭的女孩子太多了。

钟离混入摄影界后对我说："最好的摄影师不是让人笑，而是让人哭。你有当一个好摄影师的最好潜质,其他技术都可以学到,但是让人哭这件事太难了,这是上天对你的恩赐。"

那年夏天,在小何毫无征兆地离开前,我和她做的最后一件事就是去学校找到了台秀竹的秘密。

记忆中那是一个昏沉的傍晚,我和小何到了学校门口,我说:"我们进去看看。"

小何没说话。

我问:"去不去?"

小何说:"好,兴许还能想起高中的一些事呢。"

学校放假,保卫室的老头没有让我们进去,因为我俩被自己的口音出卖了,老头一听就知道我们不是学校的学生。我们还是选择非常规手段进入学校,在翻墙的时候,我感觉小何有更加神秘的色彩,因为她对翻墙这个行为丝毫不生疏。

我和她走在那个他乡的操场上,夕阳从山边映照下来,我问她:"你高中快乐吗?"

小何说:"高中一半明媚一半忧伤。"她又问我,"你呢?"

我说:"那时候我有一个叫木木的女孩。"

小何问:"你们男孩子总是喜欢给自己喜欢的女孩子起名字吧?"

我说:"你还挺聪明。"

小何说:"我也有个名字,叫小早。"

我追问:"给你起名字的小伙子呢?"

小何说:"和你一样去卖假药了。"

我说:"那真是巧哦,你们现在没联系了?"

小何说:"他也没考上好学校,现在颓得像个废物,比你还严重,他们那应该是传销吧。"

我还是不甘心，问："那你为什么叫小早？"

小何说："他在橡皮上刻字的时候，把草字头丢了，原来叫小草的。那你为什么喊那个姑娘木木？"

我望着夕阳说："我不知道，在课堂上，我望着她，脑子里就跑出了这两个字。"

小何说："你们那时候都好幼稚啊。"

我说："真的很傻。"

小何说："你们男孩子特别容易被社会毁坏。"

我说："不是的，不是这样，我们只是被毁坏得早一些，你们晚一些罢了。"

小何惊讶地望着我，那一刻我看到了她眼里特别强大且坚定的孤独感，我说："我想抱抱你。"

小何低下头，静静呼吸。

我上前一步把她揽入怀里，双手从她的肩膀滑到腰间，说："你好瘦哦。"

小何说："你不喜欢瘦的人吗？"

我说："还行吧。"

小何说："你个臭流氓。"

我问："怎么了？"

小何说："你顶到我了。"

我说："这是对你的赞扬啊，身体多么诚实。"

小何说："你的那个木木真不应该丢了你。"

我说："已经丢了，是我丢了她。"

小何问："她长得好看吗？"

我给她说，我高一时在学校里其实注意到了两个穿黄色帽衫的女孩子,她们经常一起走路,一起去厕所,一起放学,但最后是木木走到了我身边。文科分班木木被分到了我们班,我不知道木木是不是我喜欢的那个。

小何说:"你真是个奇怪的家伙。"

我问她:"我们今晚可以不回宾馆了吗?我们换个宾馆住?"

小何没有回答,而是沿着操场跑了起来,一边跑一边张开双臂原地打转,大声喊:"真好呀,真好,真暖和。"

我说:"你小点儿声,被人发现了,把我们俩捉出去。"

小何还是不管不顾,像极了一个女疯子,就是那一刻,我整个人被这个女子给迷住了,她的放肆那么灿烂。我站在原地泪眼涟涟。我知道我正在失去这个姑娘,这个本来就和我没关系的姑娘,如果我拥有了她,那绝对是我做的一件错事,压抑的我不值得拥有如此明媚的姑娘。

/ 6 /

秘密

我和小何被学校保安捉住也是必然的,我们被关在保安室里等领导来处理,小何不知道哪里来的灵感,问看门的老头:"大爷,你知道台秀竹吗?"

老头回头看了小何一眼,又看看我,问:"你们打听她干什么?"

小何说:"我们认识她,她说她是你们学校的学生!"

老头说:"对的,是。"

我问:"她现在不上学了?"

老头说:"离校了。"

我继续问:"那是为啥离校了?"

老头说:"要说这个学校没人知道台秀竹,那不可能,走,我带你们去看看。"

我们穿过一个亭子,老头说"这叫离别亭",我们走过一个水池子,老头说"这是个中国地图,你们看"。

我看了一看,还真是。

再往前走是一面巨大的公告墙,墙上镶嵌着历届考入这所学校的第一名学生的照片和姓名,我们在倒数第二届那里看到了台秀竹的照片和名字。那张照片上她笑着露出两颗虎牙,脸上的稚气还留着,隐隐还能看见脸上的汗毛。

老头说:"还有呢。"他带我们去了光荣墙,告诉我们这墙上有五个奖是台秀竹那孩子拿下的,这学校的人都知道那孩子。

我和小何相互看了看,呆在那里。

老头说:"你们两个小偷,走,回去。"

我们回到保安室,继续等领导来,我问:"哎,叔,台秀竹是怎么了?"

老头说:"你们一个喊我爷,一个喊我叔,不统一。"

我说:"那就统一下,喊叔吧。"

老头说:"我之前在供销社烧锅炉的,退休了来的这里。"

我说:"那您经验很足,抓我们两个随随便便。"

老头问:"你们两个来偷什么?"

我说:"我们什么也不偷,就想进来看看。"

老头说:"这不是你们的学校,你们进来看什么?"

小何说:"学校都差不多。"

老头说:"全天下的学校都一样,我原来在南湖镇中学上学。"

我说:"南湖镇我去过,还被人给打了,那里的人不好惹啊。"

老头说:"我就是南湖镇的。"

我说:"哦,那您也不好惹。"

老头说:"晓得就好呢。"

小何说:"叔,你看你把我们给放了吧,我们没偷东西,就好奇来看看。"

老头说:"那可不行,万一学校里丢了什么,我可担当不起,得你们交出来。"

小何说:"我们身上啥也没有的,你看看不就晓得了?"

老头说:"你们来了多少次,我可不晓得呢。"

小何说:"那你找警察来。"

老头说:"这点儿事,我们这里的警察顾不上管。"

我都被他们俩说困了,便靠在椅子上睡着了。有小何在,我总能睡得无比踏实,别看她一个小姑娘,在我心里就是一根顶梁柱。

等睡醒后,我看见钟离还有台秀竹以及小何还有老大爷在保卫室外面打牌。太阳很暖,远处的树梢发出一些唰唰的声音,我觉得他们几个人就像一家人一样坐在傍晚的树影下吃饭。

我喊:"你们都干啥呢?"

钟离说:"你可真能睡啊。"

我说:"我没睡到明天早上算不错了,你还在这里叨叨。"

钟离对老大爷说:"我们回去了,明天下午接着来找你耍。"

回去的路上，台秀竹抱怨我们多管闲事，我回应说就是好奇，台秀竹说好奇个屁。

小何就问："那你为啥离校呢？"

台秀竹说："也不知道怎么的，我突然就每天犯晕，有时候直接就晕过去了。"

我说："可能是压力大。"

台秀竹说："可能是心理上极度排斥学习吧。"

钟离说："那你为什么学习还那么好？"

台秀竹说："就是因为太讨厌了，学完赶紧扔掉。"

在钟离后来断断续续地回忆这段岁月的时候，他总是说她就喜欢学习好的姑娘，学习好的姑娘有种傲气。我断定这种吸引其实很简单，就是学霸对学渣的吸引，但是钟离不承认这个简单的逻辑，因为觉得这是聪明和笨的较量，不是学霸和学渣之间的必然联系。

我当晚问钟离："你们怎么想到跑到学校去找我们的呢？"

钟离回我说："老大爷给台秀竹打了电话呀。"

我说："怎么可能？"

钟离说："你信不信世界上真的有奇迹？"

我问："到底怎么回事？"

钟离说："老大爷是台秀竹的爷爷，天打雷劈你也想不到吧。"

我说："外焦里嫩，五马分尸也想不到。"

钟离装深沉地说："世间很多事都说不清楚，你以后长点儿心吧。"

我说："你说秀竹每天送开水，她甘心吗？"

钟离说："人活着为啥？心里安宁，你看老大爷多安宁，你看秀竹多安宁，你、我，我们多挣扎。"

我无话可说，只能等待命运一次次砸向我。

钟离说:"秀竹说了,每天送开水的她就是最好的她,没有比这更好的了。"

我点了点头,充满疑惑也心向往之。后来十多年里我每每做梦,不是梦见我在看大门,就是梦见我在送开水,我更加深刻地理解了我们宿舍的那个胖子后来选择的人生,直到我三十三岁时我才对这种选择更加深刻地思考。

/ 7 /
消失

台秀竹被精神病院的人抓走那天,雨太大了,大到钟离之后很多次半夜被噩梦惊醒后坐在客厅里抽烟时总是汗流如瀑。

如果恰好碰到我还未睡,我会问他:"你又做梦了?"

钟离说:"是的,是一个大雨天,又是同样的车,同样的一群人,还是那个瘦小的台秀竹。"

我问:"你说台秀竹是真的有精神病?"

钟离说:"你才有精神病,她就是和这个世界不合而已。"

钟离爱过很多女孩子,这一点我是极其肯定的,但是他尽全力地想去保护的只有台秀竹。

之后我们打听过好多次台秀竹被关起来的医院,一直没有打听到,我们几乎打电话到陕西本省所有的精神疗养医院查询了是否有叫台秀竹的病人，钟离也在持续不断地打邻近外省的疗养院的电话。我们回到北京之后他被换了校区，我就不知道他有没有接着满世界地打电话了。

在之后的日子里我也没再追问过这件事，不知道他是何时放弃的，或者从来没有放弃过。在他的尸体被火化的那天，我抽着一支中南海，看着烟囱里升起的烟，心里说：你小子终于可以不做那个折磨你的梦，可我的噩梦还得做啊。

我们的爱情是同时死亡的，台秀竹被抓走一星期后，何小红就不见了。

那是一个清晨，钟离和我不用去发传单，我去何小红的房间门口看，门紧锁着，门上面的所有海报和宣传单都不见了。我一直打她的那个电话，那个电话再也没有人接听过。

我去宾馆前台问，他们告诉我何小红他们昨晚就走了，招生招得太好了，提前完成招生指标，昨晚十辆大巴车装满学生就走了。

我跑出去，站在路边左右张望，左胸口像有一根东西断了，瞬间觉得特别恶心。我蹲下来干呕了几下，眼泪飙了出来。我抱紧自己，觉得自己又老又丑，应该就地被埋进土里。

钟离说："她给你的电话就是他们宣传单上的招生电话啊，不是私人电话，用完她就扔了。"

我想起来，我在银川招生时用的也是这个办法。

我点头，然后躺在床上呼呼大睡，无休止、无意义的噩梦连着折磨我好几天，我浑身发软，毫无食欲。全世界仿佛都静悄悄的，我像走进暗夜，啥也没有带走，独自一人又回到了清晨。窒息感时刻包裹着我，一床被子就能置我于死地，我再也没有力气反抗了，哪怕是一只蚂蚁从我的鼻尖上爬过也能把我踩死，一只蚂蚁和整个世界一样大。

五天后，钟离站在我的床边说："你也太脆弱了，这点儿事就能折磨得你发烧。"

我嘴巴干裂,对他微微一笑,说:"我快复活了。"

钟离说:"大海,我们回学校吧,我们得回到正轨上,继续活下去。"

我说:"学校是我们的正轨吗?"

钟离说:"我翻来覆去地想了,学校目前来说是我们唯一的正轨,其他的我们毫无出路。"

我翻身起来,有点儿恍惚,说:"走,我们回学校。"

那年接近十月的时候,我和钟离回到了我们共同厌弃的那所学校,钟离说:"有一件事我们不能忘,那就是我们为什么去北京,因为北京那个地方吸引着我们,不要忘了这件事,我们就能处在正轨上。"

我心里默念:北京,北京!

第六章
2008年 别梦

/ 1 /
校区

开学不久,我收获了那段时间内唯一的一件好事。我在"榕树下"网站发表的一部中篇小说被编辑送到了头条,突然之间收到了一些出版社的约稿信。我当时手头有一部很早就写完的叫《逝水涂炭》的小长篇小说,极其矫情的一部作品,几乎把青春期所有无意义的情绪全部掺和到里面去了。

我将《逝水涂炭》丢给那些约稿的编辑后,很快就收到退稿信,因为这部小长篇小说和被送到头条上的文章的风格完全不符合。我便在一个深夜将这部小说发布到了一个新成立的小说网站上,一周后接到一个电话,对方自称是某某出版公司的老总某某。我上网搜了一下,某某确有其人,还是一位出版界的大人物,他告诉我我的这部小说可以出版,然后给我邮寄了合同。

我给钟离说:"我要出书了。"

钟离说:"你算算能挣多少钱。"

我说要是卖 100 万册,那我就能挣 300 万元。

钟离说:"太牛了,我们去庆祝一下。"

我们下了宿舍楼,往食堂走去,周六的学校里被盗版书摊占据,满眼都是印制粗糙的盗版畅销书。

钟离说:"你的书有可能也会被盗版。"

我说:"有盗版才好呢,卖得好的书才有盗版。"

钟离说:"那我到时候买几本盗版书收藏起来。"

我说:"相当可以,我也要买一本收藏。"

那本书出版的时候,是六个月之后了,书名被改得特别清新,出版方还和我协商着用了一个新的笔名,这个笔名不仔细看会认为是某位畅销书作家。混淆视听也是一种经典的商业行为。

钟离他们的电子商务专业因为太火爆,以致学生数量太多,在我们这个校区容纳不下了,学校决定把大三的学生全部搬到另一个校区去。那个校区更加闭塞,在那个校区的学生说:"除了能打电话,每天的生活和坐牢无二。"

钟离还给我们补充说:"那个校区在另一个鸟不拉屎的地方,在一个山脚,公交车一站和一站之间是半个小时的车程。"

我们都很诧异,这绝对是他们都刻意夸张了。

后来有一次我们借周末去看望钟离时,眼见为实了,比他们描述的情况更加可怕。

我们到那个校区的时候已到午饭时间,学校里没有楼房,全是平房,学校看上去就是个东北的村庄,一排排小平房整整齐齐地趴在地上。

钟离还在睡觉,我们打了好几个电话他才出来。我们坐在太阳下面,他还没有醒过来,迷迷糊糊地接着话。我很失望,本来有一肚子话要对他说,但是他连睁开眼睛都难。在他搬到另一个校区的日子里,我们之间的通信就少了。

那段时间我们变得陌生了,我不知道他在做什么,他也不知道我在干啥事。他那个校区小得像个鱼缸,他就是那个鱼缸里的一条小金鱼。

在我现在的记忆里,那个校区的所有围墙是红色的,我这个校区的所有围墙是灰色的，记忆里只余下了颜色，没有其他味道，没有任何感受，是那种几近疲惫后的落寞或者肃穆感。

钟离打包行李离开我们宿舍的时候，我们只认为他像上一次离开我们一样，就是换个地方睡觉而已。

现在我去看那次离别是那么特别，因为我们生活的圈子变了，周围的人变了，在我们二十多岁的时候，这无比重要，预示着我们的人生走向变了。

后来搬进来睡在钟离的铺位上的河南小伙子叫金国梁，在我们宿舍里面是个小透明，因为我们几乎把那种离别的失落情绪都强加在他身上了。没人和他说话，甚至把他的暖壶和我们的分开放，他一旦在宿舍里发出声音，哪怕是接到家里打来的电话，我们都会喊他出去接。

我相信对于一个刚进大学校门的新生来说这种遭遇极其不公平。有一次他带着他的女朋友在学校里碰到我们几个和我们打招呼，我们几个都没理会，我看到她女朋友眼里出现了那种异样的尖酸之色。

很久之后，我在一家财经杂志写人物报道，那天正在为西单一位百货公司的人写他的辉煌事迹写到词穷时，金国梁打电话给我说："苏哥，我退学了。"

我问："你退学了去哪里啊？"

他说："回家再考一个学校，我觉得在这个学校待着不适应。"

我问："是宿舍的几个人又欺负你了？"

他说："没人欺负我，他们都挺照顾我的，我们都相处得很好，就是我觉得自己需要换个环境。"

我说："我们对你冷了点儿。"

他说："最冷的是你。"

我说:"实在抱歉,可能你在钟离那个位置上睡觉,我心里有点儿落差情绪。"

他说:"我知道,这也是我觉得你可贵的地方。以后还有很多需要请教的问题,得多打扰你。"

我说:"好说,好说。"

2020年春节期间,我和张子健聊起金国梁的时候,张子健说:"那孩子可以的,是个很仗义的人,我们那时候对他有点儿过分。"

我说:"我们不知道我们那个宿舍里的人是怎么团结起来的,心有灵犀地团结,又淡薄如水。"

/ 2 /
杨歌

后来我在 QQ 上问钟离:"你现在在干什么?"

钟离说在找工作。

我没有追问,那段时间被一个姑娘召唤了。

杨歌这个女孩子从我第一眼看到她,她就拥有着已为人妇多年般的沧桑感,我不知道这种说不清楚的感觉是怎么来的,她天生有种慢的劲头,这种慢不是从容,而是事已至此,人生也至此的感觉。

她的长相却不具有沧桑感,像个娃娃。哦,她是南方姑娘,语音绵软,吵架前十句里总是在退步,不到最后她说不出一句脏话。我之后拥有她的全部，是的，是全部。

她是一个从不关注精神领域的女孩，很矛盾，她善于阅读最肤浅的杂志，陶醉于文字迷药下的爱情故事，但在生活里她又不期待爱情。

我收到她的第一条短信是在一个深夜，她说："我当你的闹钟吧。"

我问："你是谁？"

杨歌说："我是你的学妹。"

我问："哪里的学妹？"

杨歌说："外语学院的。"

我问："你为啥要做我的闹钟？"

杨歌说："我给你讲一件事，我从小喜欢闻草灰的味道，燃烧后的草灰。"

我问："你哪里得来的我的电话？"

杨歌说："这个爱好我一直没敢跟人说，因为感觉自己像个变态啊。"

我说："是挺少见的。"

杨歌说："我们那边有个习俗，生了女儿的人家要在门口种一棵桑树，等女儿出嫁的那天由女婿负责砍掉。"

我说："幸好是桑树，长不大，不然砍树很累啊。"

杨歌说："你真搞笑，现在都用电锯。"

我说："那可真无聊啊。"

杨歌说："那我就明天早上叫你起床啊。"

我说："行，但是你怎么知道我的电话的？"

杨歌说："我打电话到你们宿舍问的。"

我问我们宿舍的人，豹哥说下午确实有人打电话找过我，说是杂志社的，他就把我的电话给对方了。

我说："好的，那我知道了。"

当夜我就做了一个着火的梦，第二天一早就收到短信了："起床了。"

我没理会，过了半个小时，电话就打过来了，杨歌问我："还没起床吗？"

我回："起了。"

杨歌说："好。"

之后的很多天里，我依旧收到那样的短信，每当我不回的时候，杨歌就会打来电话。我的好奇心就像驴嘴前面挂着的胡萝卜，又是在某个深夜，我回短信，说："我想见你。"

她回我说她在看星星呢，今晚的星星好密集，北方的天空好像比南方的天空更黑，显得星星特别亮。

我拨了电话过去，杨歌说："今天太晚了，明儿见。"

第二天下了大雪，我一觉起来，满眼苍白景色，她打电话来说："下雪了，第一次看到这么大的雪，之前在上海碰到过一次。"她约我到学校的下沉公园见。

我是个极度怕冷的人，但十分喜欢雪，雪给我的感觉是安静的，让一切安静。

我到公园时远远看见一个姑娘躺在长椅中间，雪还在下，覆盖在她的身躯上，她双腿并拢，静静地躺着，像死去的人一般安详。有些女孩子生来就是母亲，她就是，因为她总是那么温柔，每一个细胞都是那么温柔。

杨歌说："你信不信，真的有天意。"

我说："我早就信了。"

杨歌说："你可别害怕。"

我说："有什么怕的？"

杨歌说："我是在校报上看到你的。"

她一点儿也不漂亮，长相甚至是我比较反感的样子，圆脸，大眼睛，圆乎乎的身躯，但是她的教养很好，是那种好到能吸引一个陌生人愿意和她多待几分钟的教养。

我后来也寻思过这种教养来自哪里，断定肯定不是来自她的父母。后来我见过她的一些亲戚，下定结论，这教养来自她自己。

她坐起来，还是坐在雪上，郑重其事地说着话。

她戴着黑框眼镜，长发很简单地散着，脸上丝毫看不到愉悦的表情也看不到愁容，鼻子在所有五官里显得太小了，皮肤干净，发育得很好。

我说："很冷，我受不了冻，先走了。"

杨歌说："你能陪我看雪吗？"

我说："太冷了，我特别容易感冒。"

杨歌说："我一点儿不怕冷，我把我的衣服给你。"

我说："别，我可不穿你的衣服。"

杨歌问："为什么呢？"

我说："不知道。你最好别坐在雪上，雪化了，屁股就湿了。"

杨歌说："不会，我身子凉。"

我问："怎么凉了？"

杨歌说："天生凉，你摸一下。"

我说："我不敢摸。"

杨歌说："没事，给你这只胳膊。"

她把袖子卷起来，朝我伸过来，我摸了一下，很热。

我说："很热啊。"

杨歌说："哎，今天怎么热了？我的皮肤出了名的凉，我妈妈夏天都靠着我解暑。"

我说:"可能是反差。"

杨歌说:"我觉得我们两个很像。"

我问:"哪里像了?"

杨歌回:"我说不清楚。"

我说:"那你还说,说什么说,有什么好说的?"

杨歌惊讶地说:"你这个人怎么这么冷漠?"

我说:"我曾经热情过啊。"

杨歌问:"你怎么像个怨妇?"

我说:"这样就能避免轻易喜欢上别人。"

杨歌说:"喜欢上别人不应该是件开心的事情吗?"

我说:"不是,对于我来说这是件极其不好的事情,有时候就是灾难。"

杨歌说:"人生就是由一个一个奇遇构成的,没有奇遇的都不是人生。"

我问:"这句话是哪里的?"

杨歌说:"小说里看到的。"

我说:"小说家都是骗子。"

杨歌说:"那你也是个小骗子。"

我说:"我和他们不一样,我的骗术太差了。"

杨歌说:"那你就好好学习呀。"

之后,我就天天陪她看星星,时间久了,我也喜欢上看星星了,那段时间我觉得我的眼睛都变亮了。

杨歌喜欢静静地坐着,就在公园的椅子上,风有时候很柔顺,朝着一边吹,有时候很调皮,把她的头发吹成一个鸟窝,但她总是不搭理风,任由风去整理那一头黑发。

我也静静地坐着。我记得是一天下午,她坐在我的右边看着我,我也看着她。我吻了她,就一下,像触电之后瞬间分离,然后我又看了她一眼。她闭上了眼睛,这一次,我们吻了好久。

杨歌说:"嘿,这是杨歌的初吻。"

我说:"嘿,这是苏大海的……嗯,怎么接?"

杨歌说:"那我重新说。嘿,我是杨歌。"

我说:"嘿,我是苏大海。"

杨歌说:"不论过去怎么样,现在我们的名字在一起了呀。"

我说:"是哦,是哦,这种感觉真是好可爱。"

杨歌说:"你别冒傻气了。"

之后我就过上了有人洗衣服、有人打饭、喝醉了有人送水果和牛奶的日子。要给这段日子加个什么定义的话,我觉得对我来说是水滴石穿。

/ 3 /
事业

我的那部小说出版后,学校的几个文学社办了一些虚头巴脑的讲座,我一点儿也不兴奋,因为几乎没人看,我收不到任何反馈。

我自己拿了100本书放在学校商业楼二楼的书店卖,一个月过去了,只卖掉了一本。每次见到书店老板,我都靠着墙根躲着他走,因为他每次都给我说:"书卖不掉啊。"

他说话的时候语气里透着很浓重的失败气息,我讨厌那种气息。而且我还知道卖掉的那本是杨歌买的,因为我看到她的包里有一本。我极其厌恶去商业楼,因为进去后就看到那个被塞满废纸的报刊亭,这些东西总让我陷入回忆中。那时的我一点儿也不想回忆往事,我对前方还有许多向往。

钟离给我打电话说:"我去西单图书大厦把你的书都买了!"

我问:"你买了几本?"

钟离说:"一共就四本。"

我说:"你都买了,别人就看不到了,你傻啊。"

钟离说:"我可没想那么多。我都一口气读完了,你写得也太短了,下次写长点儿。"

我说:"我喜欢用笔写,写不长啊。"

钟离说:"你下次口述,我给你打字,我打字速度可快了。"

我说:"你还记得这里面的好几篇文章都是咱们宿舍的人周末在豹子的电脑上敲出来的吧,小羽打字速度最快。"

钟离说:"很想你们。"

我问:"你现在每天干啥呢?"

钟离说:"我在想我下一步干什么?"

我说:"我最近谈恋爱了。"

钟离说:"又谈。"

我说:"这次感觉不一样,这个我感觉她能嫁给我的。"

钟离说:"你成天就想美事。"

我哈哈大笑,说:"我有点儿盲目乐观了,你什么时候回来看看?"

钟离说:"不回去看了,我不像你那么念旧,以后大家有的是机会相聚。"

我问他:"现在干什么呢?"

钟离说:"我已经开始每天下午3点后送外卖了,积累点儿原始资金,顺道了解一下民生状态。"

我说:"这有屁用。"

钟离说:"生活里全是大事,送外卖最了解人们的生活需求,你这没脑子的玩意儿。"

我说:"那你继续,发财了请我们吃好的。"

钟离说:"等着吧。"

/ 4 /
崔胥

在那个年纪,在那种冲撞的心态里,我们是看不到命运的,而现在我眼前都是一幕一幕我的那帮热烈似火的同学每个人脸上的表情,有些凝固成微笑,有些定格成惆怅的样子。

因为我出版了一本书,学校官网把我作为一个宣传对象做了一篇报道,由此,我的生命里一个重要的人出现了,那就是崔胥。

我们学校的教室是固定的,我那天走进教室,同学给我拿过来一本很薄的书,我翻了一下,是一本诗集,现代诗和古诗词混杂,封面是淡绿色的。

同学说:"有人让我交给你,说里面有字条。"

我翻开书看到里面写着"书画学院0701班崔胥",字写得极其漂亮,那天我坐在教室里没有听进去老师讲的一个字,把那本诗集的每个字都读完了。那里面的每个字、每句话都那么妥帖,都那么灵光闪闪,这是个天生的诗人,凭借词语的能力将特别肮脏的隐秘的恶表达得寂静、干净,我甚至读到了特别强大的佛缘和禅意的基底。

当晚回到宿舍,我就找到了张子健,把那本书给了他,说:"你看看吧。"

他第二天早上就读完了,在水房里,我俩站在一起,我问:"怎么样?"

张子健说:"是个人才。"

我说:"我们下午去拜访一下。"

张子健说:"何不现在就去?"

我说:"现在就去。"

我们下了宿舍楼,穿过商业楼和食堂,到了书画学院,进去后才发现书画学院的教室那么多,专业也那么多,每个教室里只有一张长条桌子。

张子健说:"没想到书画学院这么有钱,桌子都是红木的。"

我说:"肯定是假的,我觉得他们放在边上的那些笔架才好看,你看那毛笔和拖把一样大。"

张子健说:"土包子,没见识。"

我们两个等了半天,不见有人来,整个一楼空空的,保洁阿姨说:"你们在等人?"

我说:"我们来找人的。"

保洁阿姨说:"这一层楼里面的学生啊早上不上课的。"

我说:"真奇怪,他们为什么不上课?"

保洁阿姨说:"我也不清楚,你们下午再来,别挡在这里耽误事。"

下午我和张子健没有去,是晚上去的。崔胥出来见我们的时候,我俩相互看了一眼,其实我们都是惊讶的。首先崔胥太小了,那时候不到二十岁,其次他的额头以上的部位比他额头以下的要大上两三圈,他向我们走来时,就像一尊佛走过来了。

我说:"我是苏大海,这位是张子健。"

崔胥说:"你好,你也好。"

张子健说:"你好。"

我问:"你多大了?"

崔胥说:"十八岁。"

我问:"那怎么来这里上学了?"

崔胥说:"这里有个书法老师是我崇拜的。"

张子健说:"你们学费很贵吧?"

崔胥说:"一年10万吧,学两年。也不叫学,是练,这全靠自己的悟性。"

我说:"那我懂了。"

崔胥说:"这样,你们给我个电话,我上完课,咱们去我那里坐坐如何?"

我说:"好。"

崔胥说:"我不在学校住,在外面租了房。"

张子健说:"那更好了。"

晚上我们去他的住处了,在一个村子里,四合院里的其中一间房,房间里除了书还有各种笔墨纸砚外,最惹眼的就是各种奇石、雕塑、佛头和香炉,整个房间充斥着檀香的味道。

张子健问:"你家里是哪里的?"

崔胥说:"江苏的。"

张子健说:"你们江苏人就是有钱。"

崔胥接话:"不是,是我家比较有钱而已。"

我心想,我还是第一次见到说自己有钱的人,这不是疯子就是天才。

崔胥说他爷爷在他爸爸出生后就出家了,他爸爸在他出生后也出家了,他们二位现在是得道高僧了,字也都比较值钱,所以他们家还算有钱的。他随便能上清华美院什么的,但是喜欢我们学校那个老师的字,就跑这边来了,学习一段时间再换。

这是我第一次在这个学校听到能把握自己的命运的人,而且离我这么近。

我说:"真羡慕你。"

崔胥问:"羡慕什么?"

我说:"羡慕你有选择的余地。"

崔胥说:"不都是自己选吗?"

我说我从小到大,每一次选择前都考虑很久,因为所有的代价都要押到选好的这条路上去,选定了后无从更改。我小时候决定打一个人一巴掌之前都要考虑我能否承担后果。

崔胥说:"难怪!"

我说:"难怪什么?"

崔胥说:"感觉你的所有文章都是咬牙写出来的,透着一股子汗味,一点儿也不轻松。松弛是最好的,你看看佛笑得多慈悲啊。"

崔胥的出现像是天空中的一个破洞,他来到我们这群人里是来教训我们的,老天让他来不是拯救我们的。

之后的日子在我的记忆中是极度平静但也凋零的,就像秋天的叶子,每个人都疲惫了。我们宿舍里的人之间的话也少了,大家在绝望和等待中成了哑巴，不再浮躁，也不再抱怨，都小心翼翼地撑着，不能随意放弃也没有更佳的选择。

我们像僵尸一样，不再思考，在二十岁刚出头时就尝到了人生的瓶颈，再之后会如何绽放、活着、坠落，我们无从知晓。我们的眼神和眼神之间的交往剩余的是相互嫌弃和怜悯。

幸运的是我那段时间重新有了写作的勇气，用笔写作，一个字一个字地写在本子上。在所有的课堂上我陷入自我世界中，虚构一些人物，让他们拥有畸形的情感。小羽和渣哥那段时间每天把我写的小说录入电脑，好像也找到了一件有成就感的事情，每天下午睡起来就打开电脑，从我手里要去纸稿，开始噼里啪啦地敲字，然后说："你以后混得有名堂了，可千万要给我们俩写几笔。"

小羽喜欢刘德华，刘德华的每首歌小羽都能唱上来。他是个大胡子，但是人特别温柔。

渣哥是个小白脸，脾气却很暴躁，动不动就发狠话要搞死谁。

小羽和渣哥是第一批搬出去住的，在一个村子里租了个小院，然后他们两个住了一间，把余下的房间转租给一些有生理需求但住不起酒店的小情侣。他们搬家的那天是下午，借来了楼下洗衣店的三轮车，我们几个帮忙把东西给搬上车后，小羽骑上去，我们几个跟在后面，阳光从西面照过来洒在我们的脸上。

我说："小羽，我骑吧。"

小羽说："你别给骑翻车了。"

我说："这么宽的路，我怎么能给翻了？"

其实我一直不会骑三轮车，每次骑都翻，但是那天突然特别想骑。我骑上去后，一阵风在后面吹着，我呆坐在上面一动不动，车子顺着路跑了几十米，然后需要转弯了，我使劲拧了一下车头，车瞬间就翻了。

我从地上爬起来,他们几个站在远处哈哈大笑。我清理掉手上擦进去的石子,拍掉裤子上的土,看着他们几个,感觉某种东西从脑海里被删除了。我感觉有什么东西坍塌了,就像风吹着沙子,看着不起眼,但无可挽回,眼睁睁地看着就是没办法。

小羽和渣哥住得就比较远了,我们要经过一个收费站,过了这个收费站之后是河北地界了。他们俩租的房子里有一个土炕,是个稀罕玩意儿,有很多女生因为这个东西愿意跋涉到小羽和渣哥那里去。小羽很善于把女孩子吸引过去,但得手的往往是渣哥。小羽从不主动求爱,渣哥勇猛特别擅长表达感情,因此往往冲着小羽去的姑娘最后成了渣哥的女朋友。

我之后常常去崔胥那边溜达的时候也顺道去一趟小羽他们那里,在岁月渐变时,我看到了一种自律的上升和失控的下坠。崔胥自身的孤单和自律让他无论在什么环境下都能向上走,我觉得有某种事物支撑着他,但当时不知道是什么。

那段时间我每每下午进渣哥他们的屋子时,他们是睡着的,地上是电磁炉和挂面,还有一些辣酱,整个屋子发臭,烟头和啤酒满地。他们两个终于把故意拖欠学校的学费贡献给了网吧,学校正式开除了他们两个。

当时我想不明白这些事情,时时走过学校的西门,走过收费站,走进那个已经荒芜的村子,踩着乱草进入他们的小院的时候,感觉我对这种人生似曾相识,是一种极度放肆和不自控的生活。

我打电话给钟离反映了一些情况,钟离说他打电话给小羽和渣哥说一下。小羽对钟离有救命的恩情,钟离对着小羽也许能说出一些在别人那里说不出口的言语。

两个月后,我再进入那个院子时,没找到小羽和渣哥了。我打电话给他们,他们两个都没有接。我看房间里的所有东西都在,整个院子空着都没有上锁，我走在村子里找不到一个人，整个村子里最后的两个人也出走了。在下午炽烈的阳光下，我两腿发软，又一次打电话给钟离，钟离说他们俩回老家了，渣哥的二哥在他们县城里开了个电脑城，他们俩看场子去了。

我去崔胥那里碰见床上睡着一个姑娘，我叫醒她，她翻身起来时上身是光着的。出于礼貌我迅速捂上了双眼，但又控制不住想看陌生女人的身体的冲动，手从眼睛上拿走时，她用被子裹住了自己，坐在床上，头发散下来，说："有什么好看的呢？"

我说："你的锁骨真美。"

她哼了一下，说："算你识货。"

我不知道怎么接话了，这一段时间我和杨歌在一起后变得正经了，这是我不喜欢的，我也变得话少了。我想这和杨歌的关系其实并不大，全部问题出现在我这里。

我问她崔胥去了哪里？

她说他可能去村里走路了。

我问她是干什么的，她说："我不是妓女。"

我说："啊，没，我不是这个意思。"

她瞪了我一眼，说："你们男的总这么想。"

我说："不会，不会，我先走了，崔胥也不在。"

她说："你们不打电话吗？"

我说："我们基本不怎么打电话，能见上了就见，见不上就算了。"

她问我在这张床上见过几个女的，我说："这是第一个。"我指着她，语气很肯定。

她把头发从一侧一把抓住一瞬间在头顶盘住，咬了一下嘴唇。不论别人信不信，至少我觉得就连妓女可能都不如她有女人味，当然这一刻我的好奇心完全是想搞清楚她是怎么出现在这张床上的。

她说:"我大三了,是外语学院西班牙语专业的。"

我说:"你这么一说,这气质倒是能对上。"

她问:"什么气质?"

我说:"我说不好,怕说错了。"

她大声喊:"你说呀。"

我说:"我走了。"

我拉开门时,崔胥进来了,说:"你来了,也不坐。"

我说:"这也没地方坐。"

崔胥说:"坐床上。"

我说:"这多不好。"

崔胥对那姑娘说:"你往里面去。"

姑娘扭了几下屁股,挪到里面了一点儿,我和崔胥坐了下来。崔胥说出去转了一圈,风正好,舒服。

因为背后还躺着一个裸女,我实在不习惯,侧目还看见了垃圾桶里用完的避孕套,一时间很不自在。我问崔胥他怎么勾搭到这么漂亮的学姐的,崔胥看了我一眼,又看了后面的姑娘一眼,说:"很简单,人群中看了一眼,就能识别出来可不可以。"

我惊恐极了,转头想看看姑娘的表情,但又很为难,拍了一下崔胥的肩膀,说:"你可真牛。"

崔胥说:"有些事情特别简单,被你们给搞复杂了。"

我问:"怎么能最简单?"

崔胥说:"你直接问谈恋爱不?搞对象不?在一起不?"

/ 5 /
杨歌

那天我从崔胥那里出来,走回宿舍后,内心忐忑不安。我去找张子健,张子健说他有"中华烟"。这小子有个好妹妹,特别疼他,有什么好玩意儿都给他留着。我俩站在楼道里,有一句没一句地聊着。

他问我最近恋爱谈得如何,我说和之前的情况都不一样,不揪心了,特别平顺,用一个词形容的话就是像湖面。

张子健说:"你不喜欢杨歌。"

我说:"不可能。"

张子健说:"真的,杨歌这种女孩子有比较强大的忍耐力。"

我问他怎么知道的,张子健说:"简单,因为她不会嫁给你,所以从来不会试图改变你。"

事实被张子健给预言了,在杨歌的心里所有的东西都是交易,交易的前提是大家都平等。她和我从来不是平等的,她只是觉得她能陪我一段时间,从未想过和我结婚。

这一年杨歌非得给我过生日,我说我从来不过生日,可能是"从来"这样斩钉截铁的词语对杨歌来说具有某种魔力吧,她要打破这个规则。起初是她们宿舍的姑娘们起哄必须请她们,后来我们宿舍的哥们起哄,接着社团里的人也起哄,一清点人数够承包一个饭店的了,杨歌说:"你别管了,我来办,我们家开酒店的,这点儿事太简单了。"

我说:"好吧,我就是觉得太烦了。"

杨歌问我要什么礼物,这些人都没办法空手来的。

我说:"真的什么都不要了。"

杨歌说:"必须有。"

我说:"那就每个人送一本书吧,只要小说,新旧无所谓。"

杨歌说:"好,这个礼物可以,好买还不贵,最主要的是每个人的品位还不一样。"

我记得这一年我收到了《我的名字叫红》《杧果街上的小屋》《达·芬奇密码》等书,装了好几箱子回来。回来的路上我们喝得颠三倒四的,还每人抱着一口箱子,这批书都留给后来我和杨歌在学校外面的房东了。

寒假快来临的时候,我写完了十八个短篇故事,用笔写的,写完了十个记事本。杨歌要提前回家,让我送她到外国语大学去,因为她有个哥哥在那里上学,他们要搭伴回家。

杨歌说:"你把你的稿子给我,我回家给你录入电脑吧。"

我说:"我写的字很潦草,你不认识。"

杨歌说:"我知道,可能你自己都不认识,但是我能认识。"

我说:"我确实很多时间脑子转得太快,不记得写的是什么了。"

杨歌说:"信不信?老天爷就是让我来给你打字的,你写的所有字我都能认出来,我也很奇怪。"

我说:"这也太玄了。"

她其实能成为很好的编辑,比如她敲字敲到不合适的句子时,会打电话给我说这句话应该怎么改,问我同不同意。我让她给我读一下前后文,她就会深呼一口气。我知道她在叹息我对自己写的东西怎么会忘得这么快。她读前一段和后一段,我说,我都想不起来前面的情节了,她就用自己读到的线索给我讲一遍。她有特别善于拎出每个人物的线索的本事,至今我都期望拥有她的这个本事。

杨歌的这个哥哥叫杨寻，来我们学校看过杨歌，在我们宿舍住过一晚，睡在我的铺位上，我睡在豹子的床上。杨寻给我说："你不喜欢杨歌，分手的时候别伤她，要不然我们整个家的人会要了你的命，我们整个家有七百多人。"

我至今认为他是我见过的男人里长相、气质、修养和性格结合得最好的。白天的时候他慈眉善目，到了晚上时丢给我一句狠话，着实让我有点儿惊讶。其实连我都不知道我喜不喜欢杨歌，他给我下了结论。

我把杨歌送到杨寻那里的那天中午，北京下起了雪，当天中午他们两个要做饭给我吃。杨寻租的是个一居室，房间里有两张床，那个合租的小伙子准备出国留学了，先回老家一趟，这几天正好不在，房子带厨房。中午他们炒了三个菜，杨歌最喜欢做可乐鸡翅，但是她那天没有买到听装的可乐，做饭途中一直在念叨这件事。

其实中午我没吃饱，也不好意思出去单独吃，硬抗到了晚上，杨寻带我们去吃了火锅。杨歌在我面前的独立样子在杨寻这里丝毫看不到，在杨寻面前她完全是个娇滴滴的公主，让我有些许意外。

晚上杨寻去他的女友那里住了，杨歌说杨寻的女朋友真的好美："你可能此生都见不到那么美的女人。"

我问她："比明星还好看？"

杨歌说："外表美你看得见，她在亲人中表现的那种女人美，你是看不见的。"

我说："太遗憾了。"

杨歌撅着嘴说："她可受宠了，但是也真的完美无缺。"

我说："我展开想想。"

杨歌说："你想个屁，赶紧睡觉吧，你睡另一张床，我睡我哥的这张床。"她又补充说，"她会很顺利地嫁到我们家来的，每个人都觉得应该如此。"

我说:"那确实是有点儿心机啊,你们不怕?"

杨歌说:"有心机总比没有强,至少她清楚自己要什么。我们家都是这样的女人,本质上想得很远,也想得很明白。"

我爬上另一张床躺下,暖气过于热了,我躺了一会儿身体开始躁动,我猜是晚上的火锅里有什么含雄性激素含量较高的食材。

我问:"嘿,你睡了吗?"

杨歌没有回应。

我说:"睡了呀。"

杨歌没说话。

我说:"这么早就睡了,唉。"

然后杨歌哈哈大笑,说:"我憋不住笑了,你过来吧,我抱着你睡。"

我扑过去,钻进她的被窝里抱住她,她说:"你真是急性子,顶着我了。"

我这才发现我可能在她说"你过来吧"时已经硬了。我把屁股往后挪了挪,手还是死死抱住她。

杨歌说:"你可别乱来啊。"

我说:"嗯。"

然后我就把她的耳朵含住了,她没说话,我接着把嘴放在她的嘴上。我只听见她支支吾吾地说着什么,但一句也没听清楚。

我握住她的胸,热乎乎的,说:"我想要你。"

杨歌问:"今晚吗?"

我说:"就现在。"

杨歌说:"嗯,这多不好?"

我说:"必须,现在。"

杨歌说:"好吧,我没想过。"

我说:"我喜欢你。"

杨歌说:"我多次让你说这句话,你就是说不出口,为什么今晚说出来了?"

我说:"我不知道,可能是不放松。"

她用手握住我,我退去了她的上衣还有内裤。她比看上去要丰满,浑身上下的皮肤干净得像块白玉,她说:"好,就现在吧。"

我压在她身上,她引导着我,结果我一着急,喷在了她的腿上。

她用另一只空余的手戳了一下我的脸蛋,说:"好羞羞啊你。"

我懊恼极了,太失败了!

她从床头拿了纸,先是把我擦干净,然后松开手,一点点地擦她腿上的东西。她用了好几张纸,一丝一丝地擦着。

我说:"你去洗洗吧!"

杨歌说:"不洗了。"

我说:"有味道。"

杨歌说:"就留着吧。"

我跑到自己的床上躺下,杨歌说:"你过来吧,睡一起。"

我说:"我不去了。"

杨歌说:"傻瓜,下一次就好了。"

我忍不住又跑过去,她枕在我的胸膛上,我闻到了我们两个人的味道。她软绵绵地躺在我的怀里,又一次握住我,我沉沉睡去,第二天早上起来后发现她不在屋子里。我给她打电话,她说在学校西南边的公园里看雪。

我穿上衣服跑过去,看见她一个人坐在秋千上,一动不动。

我问她:"这个学校漂亮还是我们的学校漂亮?"

杨歌说:"还是我们学校好看,我们学校开阔,雪也多,眼前就是山,这里的雪就这么点儿,巴掌大。"

我站在她跟前,陪着她,几分钟后她站起来在雪地里蹦了几下,过来抱住我说:"我们迟早要分开的。"

我说:"分开干什么呢?这才多久,你就说这话?"

杨歌说:"我怕你到时候伤心,给你透露一下结局。"

我说:"我才不信呢。"

杨歌说:"我尽量在你身边多待一些时间,尽全力。"

我一直以为她这种宣判是一种威胁行为而已,事实并不会如此发生。

第七章
2009年 迷梦

/ 1 /
初夜

她回家后,我也买火车票回老家去过年了。

她每天下午三四点会打电话给我确认她录入的稿子,晚上我们不说晚安,有时候她打电话来让我哄她睡觉,我有时候转几条黄色短信逗她玩,她会回几个表情给我。

春节期间的某天我去登山了,在山顶遇见了一座庙,去庙里逛了一圈,所有的神仙我都不认识。出了庙我站在山上看了一阵子云,那天的云里面有杂色,显得很凶。

回家后我吃完饭无所事事,突然很想杨歌,给她发短信说:"开学了我们开房去吧。"

这一幕在我的脑海里是被某种味道唤醒的记忆,我想起我之前对另一个女孩有过同样的请求。像灾难的开始,我等了一整晚,杨歌都没有回我信息。

我后悔这么直白地发出这样一个请求,在第二天中午的时候,她打电话来了,说:"昨晚帮忙清理账目回来就睡着了。"

杨歌问我:"你怎么了?"

我说:"我想你想得不行!"

杨歌说:"好。"

我问:"什么好?"

杨歌说:"开房啊。"

我说:"行。"

杨歌说:"这样,我订好机票后告诉你,你来机场接我。"

我说:"好,我也提前买火车票。"

杨歌说:"要不要我帮你订机票?"

我说:"不用,我的事,自己能搞定。"

杨歌说:"那就这样说好了。"

寒假过后,我比她提前一天到的北京。我没去学校,而是在前门那边的一个旅馆住下了。旅馆里住的都是老年旅游团的人,他们一直在吵架,说旅行社的图片宣传上的情况和实际住的旅馆条件不符合,还有老太太跳起来说就连旅馆名字也不一样,骗人骗得都马马虎虎。

我第二天去机场接到杨歌后去了五道口玩,一路吃喝玩到晚上,直到我们走不动了,坐在路边直喘气。

杨歌说:"这个假期太累了,我给我爸打工去了。"

我说:"你本事不小。"

杨歌说:"我算账从来不会错,有天分。"

我说:"你的天分可不止这点。"

杨歌说:"好了,找个酒店休息吧。"

我说:"好。"

杨歌指着对面的酒店说:"就这个吧,我实在走不动了。"

我说:"好,你在这里歇着,我去看看。"

那个酒店最便宜的房间是 1988 元一晚,我看了一眼就跑出来了,第一次尝试到被钱侮辱的滋味。这时候我想到了钟离,给他打电话,让他给我转钱过来。这件事涉及男人的尊严,必须找哥们解决好,我给钟离说:"我今天必须把这事办了。"

钟离说:"让你女朋友付。"

我说:"必须我来付。"

钟离说:"反正我没钱借给你,你还是自己想办法吧。"

我说:"其他的哥们都比你穷。"

钟离说:"你换个便宜的酒店。"

我回到杨歌身边时她歪着身子在捶腿,问我都办好了没。

我说:"这家太贵了,换个酒店吧?"

杨歌问:"多少钱?"

我说:"快 2000 了。"

杨歌说:"我来付,可以的。"

我说:"你付钱,我不会住的。"

杨歌看了我一眼,说:"行,那我们再找一个。"

她站起来,瘸着往前走,我不知道她是真的瘸还是装的。她脸上有压制疼痛的表情,额头上有汗水,鼻子上也有汗水,她擦鼻子的样子就像个幼儿园的小孩,我感觉到她从来没有长大,她犯起懒来真的让人抓狂。

我说:"那行吧,但是这钱算我的,我过几天给你。"

杨歌说:"行。"

进房间后,她躺下就睡着了,我把所有的灯都关上,也不知道自己什么时间也睡了过去。

我是被杨歌冲澡的声音吵醒的,她裹着浴巾出来说:"吵醒你了吧,歇息好了没?"

我说:"还行,睡得很沉。"

杨歌说:"还不到十一点,我看楼下好多商店还开着,你去买安全套吧。"

我一下就清醒了，突然觉得自己是个失败的男友，竟然一直没想到这个东西，没提前准备上。

我问："一定要吗？"

杨歌说："不然你要害死我啊？"

我说："我不是那个意思，我可不能让你受苦。"

杨歌说："这思想就对了，赶快去。哦，药店里就有，你去药店里买。"

我穿上鞋，立马跑出去了。在此之前我从来不觉得自己是一个脸皮薄的人，一直觉得自己是一个羞耻心为零的人，但是我错了。每当我跑进一家药店，面对柜员的询问时，我一直说不出我要买的东西的名称。因为连续三家药店的柜员都对我投来猜疑的笑容，这种笑容让我觉得无比耻辱，最后我打算跑进超市里面去买，那里能自由点儿。那晚我的运气糟糕透了，两家没有安全套的超市都被我踩准了。

我回到酒店，杨歌问我买到没有。

我说："没有。"

杨歌问："怎么了？"

我说："都卖完了。"

杨歌说："你这么大了，还这么害羞啊，以后有什么出息啊？"

她有时候就像姐姐，一下子看透我的心思。有一天我们两个在地铁里站着，对面靠着一个胸部很大的女孩子，杨歌问："你想不想摸？"

我说："不想。"

杨歌说："见鬼，我都想摸一下，你看她的腿那么好看。"

我说："我以为你说的是胸。"

杨歌说："我说的是腿，你这个流氓。"

我说:"摸腿就不是流氓了?"

杨歌说:"你好像有些性冷淡。"

我说:"才没有,我对女人充满了无限遐想。"

杨歌说:"是瞎想吧。"

见我没有买到安全套,杨歌说:"算了吧,你真的好讨厌。"

我们两个躺进被窝里抱在一起好久好久,我的身体没有任何反应。杨歌问我怎么了,我说我也不知道。

杨歌说:"你别紧张,我可以明天吃药。"

我说:"你有药?"

杨歌瞪了我一眼,说:"你怎么长大的,这样以后怎么照顾家庭?明天出去买啊,傻瓜。"我的脸被她捏了一下。

在我所有的记忆里,她从未吐出过一句脏话,此时也是。片刻之后我有了反应,她捏住它抚弄了几下,在我心潮澎湃之后,我翻身压着她,然后就是一团乱。记忆已然理不清当时的状况了,我折腾了好久才进去,杨歌疼得直咬牙,紧闭双目,眉头紧皱,鼻头上又有了汗水。

我一直在后退,想着要不就算了,结束吧。杨歌全程没说一句话,但我看到了她的恐惧,草草了事后,她抱着我问:"你爱我吗?"

我说:"是。"

杨歌说:"你说你爱我。"

我说:"我说不出口。"

杨歌说:"那算了。"

我抱住她,她哭了,没有泣声,只有眼泪。

我问她是不是很疼,她说:"是的,太疼了。"

我说:"没想到是这样的。"

杨歌抱住我说:"幸好我们之间有了什么,不然我会后悔的。"

我说:"你又开始说这种不着调的话。"

杨歌说:"你啥时候能长大啊?你的青春期还在初中啊。"

我说:"别给我装成熟了,你还不是成了我的女人。"

杨歌说:"你内心脆弱得像个孩子,为什么天天吐出来那么硬的句子?我真的很烦你每天装得像个痞子,但连一件狠事都做不来。"

我说:"谁装了?你给我闭嘴。"

杨歌说:"你还说自己打过架,我看你尿得啥都不是,还打架。"

我说:"你别说了,我听不下去了,再说下去我要撞墙了。"

杨歌说:"你不仅尿,还自卑得有点儿可怜。住不起酒店就是住不起,连这事都有障碍了,你是不是男人?"

2019年北京下第一场雪的那一夜,我半夜醒来翻来覆去无法再进入睡眠中,回想起认识杨歌的那天的场景,才得到一些启示。我是通过身边的女孩认识世界的,她们如果领悟到整个世界是善意的,那么我就认为这个世界美好无比,反之,我会觉得生活糟糕透顶。身边的女孩子坚强,我就锋利;身边的女孩子灰暗,我就阴郁。所以我特别容易成为一把枪,就像是泥巴,任身边的人塑形。

我生气地从床上跳起来,光着脚坐在椅子上点了一根烟。我发觉自己有些抖,感觉胸腔里着了火。我之前遇到过这类人,就是伪装被人戳破后挫败窝火,不知所措的样子。杨歌躺在床上,把自己包裹得很严实,烟燃到半支时我听见她的哭声越来越大。

我抖掉烟灰,站起身来说:"被我气哭了?"

杨歌说:"是我自己想哭,我是自己哭的。"

我说:"那别哭了,我最受不了女孩子哭,你们经常用这个打败我们。"

  杨歌说:"我这次回家相亲了。"

  我问:"是你妈妈安排的?"

  杨歌说:"对,不出意外,我们会结婚的。"

  我问:"那人如何?"

  杨歌说:"家里人选的,不差,家里有好几家鞋厂。"

  我说:"该哭的人是我,你哭个什么劲?"

  我突然反应过来,问:"你们该不会是上床了吧?"

  杨歌说:"你浑蛋。"

  我说:"你都背着我去相亲了,还有理了?"

  杨歌说:"我早知道会这样,所以才跑到北京来躲几年,但是谁知道还是这么早。"

  我问:"你没有选择的余地?"

  杨歌说:"我看到不少自己选择了最后一败涂地的,我们那里全是这样的人。我早早就接受了,本想来北京躲一段时间回家再嫁人。"

  我那时怎么会理解她的这种屈服行为?那时的我还没有遇见人生的难、时间的难、婚姻的难,崇尚自己的命运自己主宰,但是杨歌的悲伤我是体会得到的,她的愁苦不是假的。我无法理解这样的事,但理解她的痛苦。

  我说:"那我们怎么办?"

  杨歌说:"我尽量拖一拖。"

  我说:"所以我们现在就开启倒计时了?"

  杨歌说:"差不多。"

  我问:"那半年?"

  杨歌没说话,我又问:"一年?"

杨歌还是没说话，我无力再追问，觉得有条暗河在眼前流过，当我试图把脚伸进去搞点儿动静时，河水就迅猛得有点儿可怕了。很长时间内我觉得这是一种罪过，一种羞辱。

第二天一早，我的右嘴角起了三个大泡，这三个泡在我的记忆中能如此明确是因为有照片为证，这一组照片一直是钟离后来的手机屏保、微博头像、微信头像以及朋友圈封面图。

和杨歌在一起那晚的第二天我接到了钟离的电话，他让我去建外SOHO找他。他们公司需要一个文案，他左思右想最后没人，就推荐了我。

钟离说："这是一次面试，你好好表现。我已经在我们老板那里铺垫得很好了，在他眼里，你现在可能就是活着的千古第一才子。"

杨歌那天先回了学校。

/ 2 /

职场

钟离后来又打过来一个电话说："你少说话，我们老板就是个文盲，但是很尊重有文化的人，不过你的气质就很能忽悠住文盲，这么一想，是我想多了。"

其实我想问他的，怎么突然就上班了？他们这是什么公司啊？

钟离说："你来就好了，其他的千万别多问。"

我慌慌张张地到了建外 SOHO，这个时候这地界是一片热土，一半房子还空着，使用另一半房子的人都觉得自己是未来财经类杂志封面上的人物。不瞎说，真的，后来这里确实有人上了财经杂志的封面。

我到了那里，看见地面上像阵雨前的晒谷场，凌乱不堪。在我走进电梯前，我已经被三个人撞过了，其中一个撞到了我的膝盖，我站在电梯里时膝盖还隐隐发疼。第一次我搭错了底层区电梯，折返后又上了高层电梯到了十九楼，在1909室找到前台的人，说："找钟离。"

前台女士特别知礼，站起身指着沙发说："您先坐一下，钟离去外面抽烟了。"

我坐下后，抬头看见背景墙上的大字"巴黎婚纱"，然后朝里瞧了瞧，原来这是一家拍婚纱照的公司。

前台女士又一次站起来，笑了，说："钟离在对面1920室，您去那里找他。"

这次我看到了前台女士脸上的酒窝，也觉得她的音色太适合前台这个位置了，听她说话听一句不够，得留下听一阵才行。我不由得羡慕钟离，更加羡慕钟离的老板，这么好的前台人员是棵摇钱树。

我出门刚要转弯，就见钟离倚在墙上贼笑。

我说："杜总，这就给我摆谱啊，还要预约？"

钟离说："大海，我们前台的人美不美？"

我问："和你有啥关系？"

钟离说："万一哪天有关系了呢？"

我说："看你那泼皮样，也没机会。你不是在送外卖吗？怎么到这里混了？"

钟离说："送外卖不是长久之计，那是体验生活，我给你说过。"

我问："你不是说送外卖是理想吗？"

钟离说:"你这人看上去说一是一,怎么这么死板?又不是皇帝的圣旨,我就不能改了?"

我看到这一层楼的地砖很脏,全是划痕,地砖上的纹路像我在路边看见过的秋天干枯的树林子。

我们走进摄影棚,钟离喊正在摆弄相机的小伙子:"武哥,来给我们拍几张照片吧,我这个哥们是个作家,你拍得稳一点儿。"

武哥问:"是稳一点儿,还是文艺点儿?"

钟离说:"随意,你拍的照片都好。"

武哥指着我说:"你浅色的衣服不行,来,换上这件黑色的吧。"他丢给我一件黑色的长袖T恤,我穿上后遵从武哥的指示扭捏作态,快门声和闪光灯已经搞得我有点儿缺氧了,好不容易完事,我问:"超,能给点儿水喝吗?"

钟离说:"别急,我们来合几张照片,一会儿我们去喝茶。"

武哥又是一通酷炫操作,钟离把能用的道具全部用了一遍,但后来他最喜欢的是拿着扇子的那一组照片,微博、微信、朋友圈封面都是那张照片,扇子上面有一头老鹰。每当我时不时去翻看他停留在2014年的朋友圈时,就会看到他帮我转发的广告,有招聘的广告、业务的广告。他的朋友圈记录了他自己的生活轨迹,也记录了我的职业发展。我自己的朋友圈都没那么清晰的记录,所以每当我翻开他的朋友圈时,记忆就会穿成线。

后来进来一个扎着辫子的人,大喊:"小武,那照相机是你用的吗?没分寸,快放下。"

我从武哥的慌张样子看得出来,他可能平时摸照相机的机会很少,钟离这是帮他解馋呢。我们仨带着诡笑和尴尬的表情逃出了摄影棚,走过前台,进了一间屋子,围着茶盘坐下。水正烧到刚有吱吱声的时候,进来一位身材火辣的女士，浑身散发着香水味，高跟鞋高出我的理解范畴，她说："钟离，咋在这里玩？快出去，我要干正事，这是你们喝茶的地方吗？心里没数。"

钟离说："好的，好的，管总。"

我们三个找来寻去还是没地方坐，又一次尴尬地走过前台。前台的姑娘第二次对我们投来同情的笑容，我说："这个姑娘真不错，你看她同情我们，但不嘲笑我们。"

钟离说："你怎么分辨的？"

武哥说："这有什么难分辨的？你看她的眼珠子。"

钟离说："武哥，你一个近视眼，就别在这里装人了。"

他们公司出外景的人都回来了，一个个路过竖在墙根的我们三人身边，武哥和钟离分别喊：陈哥、赵姐、李哥、小林子、十三、吴姐、张总、马总。没有一个人回应他俩的，我看见他俩硬撑着腮帮子在那里假笑。

我头一次看见钟离这样努力，觉察到一种东西注入我的心里。我定睛看他，他注意到了，定在那里，打了一个冷战，摸了一下头发，眼神转过去，后又转过来，说："大海，我们老板马上就来了，你到时候好好表现啊，记得要把工资谈好。"

我说："好的，今晚我请客。"

我被喊到他们老板的办公室里，他们老板背对着我坐在一张长条沙发上，面前是曲面屏大电视，电视上面是今天他们出外景拍摄的照片。

我看着电视上的一男一女，男的胖，女的瘦，男的矮，女的高，男的老，女的小。

他叹了一口气说："小苏，你说说这片子我怎么修？怎么修都不好看啊，我以前超级厉害，摄影师拍的什么烂玩意儿，经过我的手，我总会修好，客户心服口服，尾款当天就给。现在这世界变了，你知道哪里变了吗?"

他转过身来,人太瘦了,一张脸上全是骨头,如果不是窗外阳光明媚,我会大喊一声"有鬼啊"。这时候如果再有乌鸦叫上几声,我就会晕过去。

我说:"我不知道。"

他说:"是爱情变了。"

我说:"我不怎么懂。"

他说:"好懂得很,以前的爱情都不稀罕讲故事,就是你我的事,讲什么讲?现在的爱情需要包装,除了婚纱照,还得有文字,这就是为什么我喊你来了。"

我说:"原来是这样。"

他说:"你看我现在删除了五十张照片,余下这五套,一共三十张,每张照片旁边,你给写四句文案,让他们这看上去像爱情怎么样?"

我说:"他们这一看就不是爱情,就是女的看上男人的钱了。"

他说:"你的眼睛真毒,我觉得你不适合干这行,出去玩吧,临走前到前台那里领瓶酒,照片上这个胖子给的。"

我出去后,钟离将我拉到了电梯间,问我:"聊得如何?"

我说:"你们老板没瞧上我。"

钟离问:"具体咋说的?"

我说:"他让我四五年后再来,先把自己的心眼子改一改,说我和你比差远了,你很有前途。"

钟离问:"这是啥意思?"

我说:"谁知道?我想今天就回学校了。"

/ 3 /
同居

秋天的某天下午我特别厌烦，看什么都烦，尤其是学校的一切。看着学校里熙熙攘攘的笑脸和装模作样的教学楼，我从学校里跑出来，在外面乱走，一直走到一条我不认识的小道上。路面上的阴沟翻在外面，垃圾堆在墙角，整条路无处下脚，我被臭味熏醒了意识，往前望了一眼。

在半开着的一扇门里，女生下半身只穿着一条内裤，两条长腿露在外面，肌肤雪白。男生站在他后面双手端着两盘切好的菜，等待站在他前面的女孩子下锅炒。女生长发盘在头顶，一手拿着炒勺，一手握着锅柄。

我不知道是什么东西触动了我，瞬间心头一紧，眼泪就流下来了。我站在那里久久不动，风吹过来，各种臭味钻进鼻腔直往肺里跑，我第一次知道自己能这么长久地忍受臭气。直到他们的菜上了桌，男人无意中看到了我，投来询问的眼神，我才迈步走掉。

在回去的路上，我寻思着，我是渴望"日子"，还是渴望"婚姻"？我觉得我又老了一点儿，并不断加速老去。

第二天我找到杨歌，说："我们搬到一起住吧。"

杨歌迟疑了一下，然后咧嘴坏笑着说："好。"

我说："我们下午就出去找房子吧。"

杨歌继续笑着说："这么着急？"

下午我用自行车载着她，天气有些凉了，我戴着手套，头发也长了，有好几个月没有去剪发了，每天早上都用冷水洗，头发变得很软，有一些窝在脖子里，暖暖的。

杨歌把一只耳机塞进我的耳朵里，她喜欢听歌，手中那个 MP4 是她最喜欢的物件，她说那东西里有她的一些心思。路上已经有落叶了，车轮经过时有了声响，我们往学校的西边走了好远，才进入一个村子，在村子里，我觉得又找到了某种希望，类似于童年时期那种因为无知而产生的期望。

我们在村里转了好久才遇到一个人。中年男人头发披肩，走得很慢，看见我们就问："你们租房吗？"

我说："正在寻呢。"

他说："来看看我家院子吧，刚装修完的。"

我们是从房子的小门进去的，他在一排房子的背面掏了一扇门，正好在村道上，不用绕到后面去走正门。小门外面左右两边都有园子，里面有看上去是西红柿和黄瓜以及辣椒之类的干藤，果实已经没了。

进了院子我又看见一个园子，园子中是玉米、茄子、土豆，还有一架葡萄，自来水龙头接到了院子中间的水泥台下，紧贴着房檐。

我说："大叔，你这院子不错啊。"

大叔说："一直没人住，现在想租出去。"

我说："为啥现在想租呢？"

大叔说："今年退休了，也想回来住了，但是一个人住太空了，多几个人好玩。"

杨歌说："我们就租这里吧。"

大叔说："你们运气好，我今天刚装上了太阳能热水器。"

一共三间房子，我和杨歌选了中间那间屋子，因为那间屋子采光最好。

后来的日子我和杨歌积极营造我们的"家"，每天去超市、商场采购一些家居用品，她后来有点儿忘乎所以，连锅碗瓢盆都买了，并决心收拾好了请自己的几个好友来做饭吃。我看着她痴痴的样子，心里不由得发笑，她问我笑什么，我说："我不清楚在笑什么。"

起初杨歌住在学校里，只有周末出来住两天，这两天我们不出门，关掉手机，饿了要么自己做饭，要么就去村里的饭店打包几个菜，窝在被子里看各种垃圾电视剧，看得哈哈大笑，困了倒头就睡，似乎外面的世界和我们关系不大。现在我回想起来，每天早上太阳爬到屋顶上的缓慢感觉和傍晚时分夕阳久久不肯落去的赖皮，其实都是当时我们自己的心情。

房东大叔给我搬来了两个大古董柜子，我把宿舍里的书全部摆了上去。起于当时没有被新闻专业录取的遗憾，我在学校的旧书店里买了新闻专业的所有教材，每天早上起来看几个小时，不多久就把新闻专业的课程内容浏览了一遍。

房东大叔一直没有搬进来住，后来我了解到他丧偶多年，不久前认识了一个新人，正在全力进行黄昏恋，还没空来过他自己想象的田园生活。

杨歌后来没带朋友来，我问她为什么不带人来玩了，杨歌说："感觉这日子太美了，没想到这么早就过上了这种退休的日子。"

我想起钟离说的："就是你想和她生孩子，长长久久地在一起，日升日落，再也不感觉绝望了，再也不感觉人生灰暗了，就关心最细小的事情，什么理想抱负、战天斗地都不是事情了。"这一刻，我觉得钟离简直就是我的偶像。

我们天天做爱，有一天打雷，杨歌正骑在我上面，雷打一下，她就动几下，然后哇哇大喊，用拳头砸我。

我说："你别叫了，吵得我听不见雷声了。"

杨歌说："你看闪电就行。"

我说:"这闪电快闪到床上了。你的声音太大了,把雷都招来了。"

杨歌揪着我的耳朵继续哇哇大喊。

我都被她吓住了,而且有点儿喘不上气,我问:"你是害怕打雷吗?"一道闪电落到了院子里。

杨歌说:"怎么会?我觉得这雷声是给我鼓劲的,我现在浑身充满了力气。"

我说:"我去,这是要遭雷劈啊。"

杨歌说:"快劈死我吧,快劈死我吧,啊啊啊。"

我被她折腾得肚子都疼了,说:"我不行了,要休息一下,我快晕过去了,肚子要破了。"

杨歌扯着我的嘴说:"你这个没用的男人啊,废物啊。快来呀,快来,你听听这雷声。"

我往窗外看去,外面昏黄一片,当我定睛看时,雨水像黑布一样蒙了上来。

杨歌说:"你别走神了,再走神就跑了,没了。"

我说:"你听,外面是不是有人啊?"

杨歌说:"你别吓人了,现在外面鬼都没有。"

我说:"真的,你听啊。"

张子健在外面说:"你们别再干了,给我开门啊。我都被浇死了,喊了半天,你们都装死啊。"

杨歌翻身下来,赶紧穿上衣服。我一把撸掉套子,摸了一条短裤穿上,开了门。

我说:"我没有锁大门吗?"

张子健说:"幸好没锁。"

我问:"你咋来了?"

张子健说:"走半道上,雷太大了。"

杨歌把自己裹在被子里,不好意思地坐在那里不发一语。

我说:"走,咱们去隔壁,这院子里的钥匙我都有。"

张子健说:"你还记得吴越吗?那个高个子美女,吱哇乱叫那个。"

我心里一紧,说:"记得的。"

张子健问:"是不是女孩子都差不多?"

我说:"这没法聊。"

/ 4 /
杨歌

记得那天先是来了一阵风,我正在梯子上看远处的山。站在梯子上看山已经成为我一个很重要的喜好了,山在村子的另一头,风把我晃了几下,杨歌就从屋子里钻出来说:"你下来,我有事找你说。"

我没下去,站在梯子上指着天空对她说:"你快看,天空的篝火。"

天空红彤彤的,无数朵云搭在一起,像被点燃的火堆。

我说:"你快看呀,马上就消失了。"

杨歌说:"你下来,下来,我给你说。"

我从梯子上走下来,站在平地上,说:"你快说。"

杨歌说:"双方家里都聊好了,我得回家了。"

我问:"你不读书了?也不要毕业证了?"

杨歌说:"家庭主妇要什么毕业证?"

我说:"万一以后用得上呢?"

杨歌说:"用不上了。"

我说:"万一离婚了,你找个工作什么的。"

杨歌说:"离婚都多大年纪了,我还需要那玩意儿找工作?"

我说:"找个借口真艰难。"

杨歌说:"我们的倒计时还有一个月。"

之后我记得崔胥送来了小霸王游戏机,他每天下午上完课路过村子时来找我玩一个小时的"90坦克大战"。杨歌后来在一个二手店买了好多游戏卡,寻回了童年的记忆,我最拿手的是"魂斗罗"和"幽游白书"。张子健后来也参与到我们的这个游戏里,每天玩到半夜,还烧坏了一台电视机。我怕房东大叔知道,以为我们都返童了,偷偷买了一台一模一样的电视机补上。

后来的时间很模糊,我只记得杨歌和我做爱的次数很多,是在解除疲惫还是在消磨时间而减少痛苦,我们都没有答案。

杨歌离开北京的那天,我送她去了机场,然后拥抱着她,说:"你以后再也不会遇到比我对你还要好的人了。"

杨歌说:"我知道。"

杨歌又说:"我早就明白了,也没奢望过。"

杨歌继续说:"回去吧,你把房子退了,去上课,好好学习,以后的人生好好过。"

我说:"你就这么走了?"

杨歌问:"不然呢?"

我说:"太轻盈了,一点儿也不正式。"

杨歌说:"我过了安检门就正式了,但你不要看,现在回去。"

我并不悲伤，悲伤没有到来，我从机场坐大巴到了地铁站，然后转公交车到了学校，一路上呆滞无感，身体不冷、不饿，只是感觉累。这种感觉像是我从大梦中醒来，世界与我之间有条煮沸了的河流，没有称呼，没有告别，省略了意义和存在。

我被钉进了棺材，这副移动的棺材像浮在云上，往更远处飘去，我觉得我再也不要去喜欢谁了。

/ 5 /
寺庙

我和张子健还有崔胥分别住在三个村里，正好形成一个三角形。

我不仅没有退掉房子，而且寄希望于在此能获得某种长久的曾经失去的快乐。睹物思人、睹景思情这些事在我身上没有发生。

张子健每次来都带着一大堆菜，打电话喊来崔胥吃火锅。崔胥每次来都要搞烧烤，在院子里整一摊东西。崔胥喝完酒喜欢提笔写上几个字，喝完写的字特别飘逸，他自己不念出来，我们死活看不清他写的是什么玩意儿。

张子健为了显得吃苦耐劳勤勉上进，在学校的图书馆找了一份带薪的工作，好和他在食堂认识的邓红梅谈情说爱。邓红梅长得特别像个媳妇，因此我们都直接唤她"邓红梅"。

日子就像沙路上的脚步声，听起来声音大，踩上去硬。

某一天晚上，我们三个提着酒在夜光下喝着，张子健说："这日子太美了，我们会不会遭报应？"

崔胥说："人生才开始，苦都在后面，苦也是常事。"

我说："子健你信不信？崔胥哪天出家了，我们都不会惊讶的。"

张子健说："你看他的额头越来越宽，头发越来越少，似乎在往佛门里走了。"

崔胥说："最近我确实常去学校外的寺庙里喝茶，铁轨北边那座寺庙里有两个师父，一个年纪和咱们差不多，我去帮忙扫扫院子，聊聊天。"

我看了一眼崔胥，然后看了一眼张子健，发现张子健的眼神刀子一样扫了我一下，我骂了一声。

张子健跟着爆了粗口。

崔胥说："傻啊，你们。你们发现没有，咱们学校所在这个镇特别像电视剧里的美国，一个房子到另一个房子之间很远，房子都很矮，公安局、工商局、邮政局等在树林里，这个季节都被黄叶子包住了，一到冬天更好看。咖啡馆、饭店、超市也都孤零零的，这一处那一处的，每天晚上经过一趟火车，火车慢得像个老太太，还有座寺庙，其实再往山下走还有座道观呢，废弃的那几条泥巴老街道很有味道。这里像不像世外桃源啊？"

我说："我从来没注意过这些东西。"

张子健说："我光顾着嫌弃这里了。"

崔胥说："作为一个南方人，我给你们讲，这里的风景好得很，南方的村里只有竹林，没有其他东西搭配。这个小镇五脏俱全，有年纪，有内涵。咱们都没好好看看，大富翁都在找这样的地方住呢。我们现在都已经住上了，你们要懂得享受。"

张子健那段时间喜欢下象棋，他和崔胥的棋艺平分秋色，我只喜欢看棋不喜欢下棋。崔胥找来了一副军棋，我才有了和他们对棋的机会。张子健做裁判，但总是看不过我们笨拙的下法，时常气得说一堆话。裁判话多，让游戏无法进行。

/ 6 /
面试

一个中午，我在院子里的水龙头前抽烟，正吐出两个烟圈时电话响了。我懒得去接，杨歌再也没打来过电话，我设想过在她离开不久后我就会接到她痛哭流涕地抱怨自己的婚姻生活的电话，但事与愿违，我一直没接到这个电话。

手机第三次想起的时候，我腿麻了，硬拖着腿够到手机接通电话，电话那边的人说："我是《商界》杂志的执行主编，姓董，也是你的学长，在学校的官网上看到你写的几篇文章，算算时间你快大四了。"

我说："对，对，您算得真准。"

董主编说："你知道怎么坐车到我们杂志社吗？"

我说："还真不知道。"

他随后给我指了道，让我周三上午到西单。其实那楼特别好找，只要他说在西单图书大厦马路对面的楼后面就好了，简单的事情被他说得复杂了。可能是每个人身处其中的缘故，总是描述不清楚自己身边的事。

我去了他们的杂志社，聊了几句，他就让我去另一个屋子进行笔试了。一起进行笔试的还有一位大姐，大姐问我毕业了没，多大了，什么学校的，学的什么专业，我都一一作答。大姐听完后瞬间对我没了兴趣，低头一直在写文章。

笔试题是给了一段录音和十几个关键信息，让写一篇人物报道，千字左右就好。

我写完得早，董主编说拿去给社长兼总编看看，随后回来和我聊起了学校的事情。

董主编说："其实我就是想见见你，你通过面试的可能性很小，你那文章写得太文气了，一点儿烟火气都没有，谁看得懂？但我喜欢你的小说，就是想见见你，你不会生气吧？"

我心里其实都想打掉他的龅牙了，但我这时候也学乖了，对他说："不会，你请我吃午饭吧。"

董主编说："没问题，我还有很多文学上的事情想和你聊呢！"

我说："好的。"

总编辑把我叫过去和一起参加笔试那大姐放在一起聊，他说："你们写的文章我都没看，看了也没用。"他指着大姐说："你在时政报纸干过两年编辑，"然后他指着我说："你还没毕业。我不看笔杆子，而是看商务能力。你们知道什么是商务能力不？就是能拉业务，我们是干啥的？我们是发论文的，是做商业报道的。你们都是大学生，论文是什么，我不讲你们都明白。商业报道是干啥的？对面的西单商场知道吗？是零售。什么是零售？超市都是零售，你们逛超市吗？著名超市你们都知道吗？百度一查就能查出他们的老板，然后写一篇文章发给老板，给老板说，我们下周的刊物打算用你上封面，杂志还有三个版面的广告空着，打包价40万，一周内能到账，下周周刊封面就是你的。这些话我这么给你们说可以，但是这么给老板说肯定不行，你们要做的就是把我说的这些话翻译给老板听,并让他买单,明白吗?"

我说:"明白。"

大姐说:"不明白。"

总编辑接着说:"你们看见门口坐着的那个小伙儿了吗?他一个月收入 10 万。看到他对面那人了吗?他拉不来商务,文章写得太好了,现在做枪手写论文呢,一个月有 5000 就不错了。"

我说:"这么厉害。"

大姐说:"我可以编辑论文。"

总编辑说:"论文用不着编辑,黑马校对一跑就完事了,你连写带发一个月整不了几篇的,大学教授和中学老师发论文到处比价,还不够烦的。"

总编辑继续说:"小伙子,你懂了没?你和小董一个学校的吧?"

我说:"是的。"

总编辑说:"你们学校出来的人我用过不少,现在出去挣了大钱,开公司的人不少,脑子活,好用。"

我说:"谢谢您高看我们一眼。"

总编辑接着说:"但是这个小董不开眼啊,到现在还在发论文,你说我女儿怎么就看上他了?"

中午吃饭的时候,我对董主编说:"你可以啊,把人家的女儿搞定了。"

董主编说:"他们家与十本杂志合作发论文,但就是瞧不上发论文的人,我就是个发论文的人。"

我说:"我得向你学习。"

董主编说:"我刚来的时候不知道那是他女儿,社里没几个人知道。你别看总编那样,其实之前也文艺过。"

我说:"我下午得去双井看看我哥们,晚上还得回学校。"

董主编说:"我很看好你,你得坚持写下去,回头来我的书房玩。"

我说:"你的房子谁买的?"

董主编说:"我正在努力买自己的,现在住在老婆家的房子里。"

我说:"等你买了自己的房子,我就去。"

我下午到了钟离那里,钟离住在一个客厅里,客厅门口堆着几十双拖鞋,味道复杂得难以形容。他住在客厅的下铺上,上铺放着行李,床底下一个脸盆里堆满他的臭袜子和脏衣服,余下的几十个空瓶,全是冰红茶。

钟离坐在床上,面前摆着一张电脑桌,他说:"你看,这是我的新电脑,炫酷不?"

我看了看他,见他眼圈发黑,说:"你多久没出去了?"

钟离说:"现在哪里有空出去?"

我说:"出去晒晒,吃点儿东西。"

钟离说:"没空,今天还有几十篇帖子要发呢。"

下班时间,一群人进来,没有一个人理会我们,都走进里屋。

我问:"这都是你的同事啊?"

钟离说:"都是,老板就住在主卧里,和老板娘一起。"

我往里瞧了一眼,老板娘趴在床上,露着背,只穿着黑色内衣,吓我一跳。

我问:"管总是你们的老板娘啊?"

钟离说:"上个月才是的。"

我说:"身材真好。"

钟离说:"好吧,是真好,我给你说她半夜经过客厅去卫生间,上下都只穿内衣。你今晚要不要睡我的上铺,饱饱眼福?"

我说:"不了,你们这里太拥挤了,我得回我的村里去,那里宽敞。但不得不说,你们的老板真有福气。"

钟离说:"他的车一个轮胎就 50 万,几个月换一个女人,我们都不当回事,说不定过几天又换人了。"

和预期的一样,我没有被面试的那家杂志社录取,董主编打电话来的时候我又在梯子上看山。

第八章
2010年 幽梦

/ 1 /
网站

大三读完后,钟离接到院长的通知,去院长那里拿了毕业证,提前毕业了。

这时候个人网站刚兴起,网站开源程序丰富多样,广大青年创业者被资本神话故事感染,个别小网站因为创意好,被资本收购,个人小站长瞬间入账千万,市场上一个好域名能卖几千万。钟离注册了五十多个域名,最后没有卖掉一个,尽管他在每个域名下面留下了自己的邮箱,还每天盯着邮箱中的邮件,发现进来的全是广告。最后他觉得邮件太慢了,直接留下了电话,保持二十四小时开机,还是没有一个电话打进来。

他跑回学校请我吃饭,让我出谋划策。我想了十多个域名,钟离才满意离开,回去立马就把这十多个域名又买了。

半年后,钟离醒悟,觉得自己在投资域名这一块没什么财运,于是转头就做起了网站。

他做了生活论坛、小说网站、二手交易论坛,还做了行业门户,说:"广撒网,总有机会。"

他每天下了班就不断更新网站内容,还让501全宿舍的人帮他。

我注册了一个小号,天天在钟离的各个网站里发帖子。最后钟离发现,自己的网站里只有一个用户,那就是我,随之放弃网站创业的打算。

随后他逢互联网行业的会议就去参加，看见有"互联网"三个字的报纸或杂志就读。他说他在车上、床上，在任何地方，脑子里全是事，全想着干一件大事。最后被他挖掘到一个商机，那就是搜索引擎优化和搜索引擎营销。

他从自己的行业入手，用了一个月，在百度和谷歌两个网站为公司拿下了搜索第一的位置，把一个新创立的公司的业绩提升到了全北京第一。仅仅他一个人，每天在电脑前敲敲打打，就把一个公司的业务做得这么火红，全行业的人为之震惊。

他迎来了一个小爆发，整个高端摄影行业的老板排着队约他吃饭，想高薪挖他。他开始接私活儿，紧接着在私人裸体摄影、婚纱摄影、婚庆圈子里出了名。

不出几个月，音乐公司、演员经纪公司、歌手公司也找上门来了。

那段时间每晚我们都打电话，钟离说他做不过来，要价越来越高时，以为客户都会拒绝，没想到没有一个客户拒绝他，照单全收。

他说："你想想他们的生意多挣钱啊，不然他们傻啊。"

在半年内，钟离的卡上有了500万元存款，他把写软文的活儿承包到了学校的社团，也因此，钟离的软文发布量最多，质量也高，原创性好，搜索引擎收录快，客户们极度满意。钟离的单子越来越多，业务量暴增，形势一片大好，他就顺势开了公司。

他开公司后，很多来面试的人都是慕名来学习的，甚至一大帮人不要工资，还有一部分人是受公司委托，来钟离这里接受培训的。

钟离的业务进而做到留学签证、高端家装、个人形象塑造、艺考培训领域去了，接着，影视行业的人也来找钟离做业务。

当他说他的卡上有1000万元存款的时候，全宿舍的人都不信，每个人都还沉浸在校园生活里，对外面的世界一无所知。

钟离常常发一些案子来让我参考修改，并加工一下。他会把每个客户的状态和诉求了解清楚，我帮他做了几个案子后，便得到了一个很好的窍门，就是客户自己不知道自己要什么的时候就要给他一个明确的定位，所以我常常给客户做品牌定位，然后发挥我的长处写一则特别漂亮的广告语。方案不论多长多厚都没有意义，只要这两个元素切中客户的需求，一般这单就能拿下，而且要在半年后继续给客户新的升级定位。我这个窍门百试不爽。后来我跟着钟离去讲方案，经常是大半夜去，讲完案子我们就去吃夜宵。

事后我想起来，钟离确实在很多地方异于常人。比如他的头发从来不长，一直那么短；他很少大便，吃得少；几乎不需要洗澡，因为他一直不分泌汗液；他很少说话，见人总是笑。

钟离喜欢吃原味瓜子，每次从网吧回来时就带一斤放在宿舍里，下午睡起来后大家就一起吃瓜子，吃着吃着，大家都说："还真是原味的最好吃，越吃越香。"

钟离喜欢看《血色浪漫》，钟跃民是他的偶像，他希望活得那么洒脱。他下载了电视剧，在宿舍里看了一遍又一遍。

钟离在通州租了大别墅，喊501宿舍的所有人都去，说："你们想住多久就住多久，每天有人来给你们做饭，洗澡再也不用排队，饮料在冰箱里塞得很满，要打CS游戏，屋子里有七台电脑，不过瘾就去公司，公司里有上百台电脑。"

钟离就属于我们中间先富起来的那一拨人，他喜欢《奋斗》里的那种哥们情谊，自己的东西就是大家的。他之前喜欢打游戏，整夜整夜地打，但是之后一点儿不喜欢打游戏了，迷上了北京这座城市，觉得这座城市就是一个烈火战场。他喜欢站在北京的三环上边看这座城市，迷上了"中南海"这种烟草，他那一段时间癫狂、着急，着急对自己的人生有个交代，着急极速输出自己的所有情感，让别人极速反馈。

我快毕业的时候，钟离给我打了一个电话说："找几个人来帮我完成一个策划案，这个策划案值几千万，找合适的人一起来。"

我带着张子健一起去了，对他念叨，要是宋明楚在，那就是如虎添翼。张子健说不久前他见过宋明楚，险些被宋明楚给诓骗了，宋明楚现在搞传销了。

我说："他太相信自己的嘴，迟早要坏事。"

在通州的大别墅里，钟离给我扔过来一堆打印好的商业企划书，让我先学习几天，然后写一份。他给了我单独的一间屋子，说："现在就把你关在里面了，你完不成这事可就别出来了，想吃什么、喝什么就喊我妹妹杜苗给你送。"然后他喊杜苗过来了一下，说，"这是我妹，也快毕业了，我的第一个员工。"

我说："你这是要软禁我。"

钟离说："咱们在干一件大事，咱们的事业版图需要这一笔钱，不然我们永远上不去，永远是卖苦力的。"

写了三天，我才发现自己实在不是写商业计划书的料，出不来这活儿。我和张子健聊，要不要喊崔胥来帮忙，兴许崔胥了解这玩意儿怎么搞，张子健说给崔胥打个电话吧。

崔胥在电话里说，对这些事完全不感兴趣，最近在潭柘寺学习呢，就不掺和我们的事了。

在钟离租的大别墅里住了一周后，我终于憋出了一份二十多页的商业计划书，但对此丝毫没有信心。钟离看完计划书后说："你写的这玩意儿就是一坨屎。"

我第一次在钟离的脸上看到这种陌生的表情，如果让我在 2020 年给钟离写出一份他满意的商业计划书，兴许我做得到，但是在 2009 年的时候，我写出来的东西就是一坨屎。

钟离后来把我们打发走了，我回到村里，特别失落，日子很慢，我像被抽了筋一样。

张子健提议我们干点儿啥，不能就这样混到毕业，我想起钟离脸上的失望表情，想起被他抛到空中后散落一地的商业计划书，想起每一张纸打在我脸上的感觉，那种灼烧感从内往外涌，扒皮抽骨一样痛。

/ 2 /
盗版书

张子健和我搞到了一批盗版书，《人性的优点》《人性的弱点》《全球通史》《中国通史》《如何成为优雅女生》《怎么样嫁进豪门》这类成功学的书籍，顺道代销一些封面特别色情的故事会合集，还有封面特别恐怖的悬疑小说。

张子健说："我们应该请豹子出马，他觉得书名可以的书，我们就进货，因为豹哥深谙人性之道。"

我们把书名列了一页纸，让豹子只要觉得有意思的就在后面画个钩，结果不出所料，我们的生意红火得一塌糊涂，每次进一面包车的书，周六日在学校里摆两个小时，然后去隔壁几所学校门口停一两个小时，书就卖没了。

豹子说："你们应该给我抽成。"

我说:"豹子,这辈子你要看的书,我们给你包了。"

豹子说:"我已经不看书了,觉得书都是骗人的。"

后来我们还带着销售笔记本,但笔记本的利润还是没有盗版书高。盗版书一本定价 88 元,我们卖 20 元,进价只要 5 元。

张子健说:"学生的钱最好挣这千古名言说得丝毫不差。"

因为进盗版书,张子健认识了盗版图书公司的老板程姐,程姐具体叫什么无从考究,但 200 多斤的身体是实实在在的。

程姐说:"卖盗版书是人尖的生意,我们得懂人性的弱点,人性的弱点里有哪些能被我们利用?那就是懒、贪图便宜、喜欢省事。所以我们的书基本做这几类:大合集类,满足便宜的特点;简易方法类,满足懒的特点;各类条目类,满足喜欢省事的特点。"

我断定程姐是喜欢张子健的,不然一个中年妇女每逢周末从北京市区开两个小时的车到村里接张子健去吃大餐这件事就无解了,这种疑惑在我的记忆里弥足珍贵。

我问张子健:"你对程姐是什么感觉啊?"

张子健说:"她就是姐姐。"

我说:"狗屁,人家把你当弟弟了吗?"

张子健说,那他不知道,但是知道在身份和阶级面前,他对程姐没有任何其他想法,这种压迫感让他没有任何意图。

我问:"你是不是嫌弃她胖?"

张子健说:"不至于。"

我说:"你看程姐到现在也没个家,你们在一起后,你能少奋斗十多年。程姐带咱们去那么多好玩的地方,你也该回报一下她。"

张子健说:"你怎么不去回报?"

我说:"我没这个资格。"

张子健说:"那我也没这个义务。"

我问:"那你为什么和邓红梅分手?你还偷偷地分,连我都没告诉。"

张子健说:"关你屁事,管得挺宽。"

我说:"好,好,我不管。"

崔胥有一天半夜来砸门,手里提着酒,进门后没喝几口,酒精就控制了他,他的眼里流露出一些陌生情绪,可劲要喊张子健来。我给张子健打电话没人接,一寻思他估计是睡了,我们便提着酒去找张子健。

上了马路后,我看见雪花在飘,2010年的一月份的一场大雪,从我们的眼睛看上去,磅礴极了。

那晚喝哭了三个人,张子健说:"土鳖,XO是这么喝的吗?你们以为是啤酒啊。"

我们三个人躺在床上,崔胥先说的。这人平时一副哑巴样,说话全拣重点说:"前几天我差点儿在KTV被人给强了。"

我猛地起来,感觉腰闪了一下,问:"男的女的?"

崔胥说:"他妈的,一个老阿姨。"

张子健说:"你为什么不从了她?"

崔胥回:"她和我妈妈一样大了,我怎么从?闭上眼都办不到啊。"

我疑惑地问:"你这身板看上去也不行啊,她图什么?"

崔胥说:"我写了一首歌词,我们院长拿给她看了,她决定给他们公司的歌手用。酒局完事了去KTV,大家都喝高了,我醒来时看到就剩我们两个人了,没说几句,阿姨就扑上来要办了我。"

张子健说:"她把你当鸭了。"

我调侃道:"你应该体验一下,这是多难得的机会啊。"

崔胥喝得实在太多了,在床上开始哇哇大哭,说:"我对不起你,对不起你。"

我们抱着他问："你对不起谁？谁？"

他继续哭，再也不说话了。

张子健说："这小子话少，心里事多，像个谜语，我们永远猜不着。"

我打趣说："是谜，就别猜了。"

张子健说："我和邓红梅之间发短信破一万条了，手机卡都满了。"

我问："你愿意和我说了？"

张子健说："谁没个在气头上的时候？你这人就是自私。"

我说："我也发现我这人自私。"

张子健说："说自私有点儿高抬你了，你是冷血。"

我说："冷血的人就自私。"

张子健说："不不，冷血和自私不一样，冷血无法改变，自私是可以修正的。"

我追问："你继续澄清你和邓红梅的事。"

张子健说："她要分的。"

我说："难怪！"

张子健说："她说早分早了。"

我问："具体得有个理由吧？"

张子健说："往大了说，就是现实问题；往小了说，就是现实。"

我说："你现在变得虚头巴脑的，看盗版书看坏了。"

张子健顿了一下，抬起头来："她打算嫁给一个厨子，厨子在北京有几家饭店，在咱们学校食堂有三个档口。"

我说："那我明白了，在她眼里，你不如一个厨子。"

张子健说："不，在她眼里，我们都不如那个厨子。"他继续说，"那个厨子也是咱们学校毕业的。"

第二天一早，崔胥醒来把我们都砸醒了，说他梦里有座寺庙叫应梦寺，有没有这寺庙？

我说没听过，但很熟悉啊，是不是武侠小说里有这个寺庙？

他拿着手机查了一下，果然有这座寺庙。他说："今天我必须去这座寺一趟，你们两个一起去。"

我们打开门，看见雪已经把院子铺满了，张子健说："咱们来北京后没见过这么大的雪吧？"

我们在学校西门包了一辆面包车，司机在车上看《鬼吹灯》盗版大合集。那本书一看就是在我们手里买的，因为那一批书印刷厂切书口的时候切偏了，看上去比其他书窄了一寸，更加显得是盗版了。让人意外的是书卖得不赖，因为大家看盗版书多数就是在马桶上看看。张子健在学校教学楼的男厕所里捡了不少被遗忘的盗版书，说通过这些书可以反观我们的市场占有率。

我们和司机说去应梦寺，司机说没听过这寺，我们给他看了手机上的地图，他说这寺估计早就不见了，或者被拆除了，一心想拒绝我们继续看书。这大雪天的确实没人愿意出车，万一路上有个好歹，何况看寺庙的位置还是一直往山里钻。

崔胥说："你必须走，我给你多加200元。"

司机说："你给500我也不去。"

崔胥说："那你把车租给我们吧，押金多少你说。"

司机说："押金10万。"

张子健在后面拉崔胥，说："算了吧，回头找机会再去。"

崔胥说："今天必须去。"

我拉着崔胥说："别了，你看这雪也太大了。"

崔胥说:"你们两个咋回事?帮不上忙还添乱。"

张子健不知道哪里来的一股邪气,上去就给崔胥一拳,崔胥反应过来后蹦起来给了张子健一脚。我上去拉住正要反击的张子健,结果崔胥的一巴掌就正好落在了我的右脸上,我感觉脸瞬间火辣辣的。我好久没挨过打了,心情也不是一两下能平复的,上去一脚把崔胥踢倒,摁在雪堆上,说:"你他妈的发什么邪?"

崔胥说:"心里憋屈得慌。"

张子健问:"你到底咋回事?"

崔胥说:"不说了,感觉太糟了。"

司机见这番情况,说:"你看你们几个,好好一片雪,被你们给整乱了,走就走呗,还打架,走吧,上车。"

我们三个在车上整理了一下自己,司机就问:"为啥非得去这寺庙?"

张子健看了一眼崔胥,说:"想干净干净。"

崔胥说:"你太脏了。"

张子健说:"大海最脏。"

我说:"我最脏,我最脏,我最脏。"

司机说:"这世界没有干净人,你以为活得干净,其实只是看到了一面。你看到的是真相吗?你真的了解那个人?"

张子健说:"哥,你真的是黑车司机吗?你是干啥的?"

司机说:"我真是个黑车司机。"

车子开了三个小时才到应梦寺,寺庙四周被围住了,在重建。

回程路上,张子健问:"你到底做的什么梦,要应梦?"

崔胥说:"我梦见自己身披袈裟站在众人面前。"

那天回学校后,我们在西门下了车,元旦假期学校人本来就少,不记得是谁提议去学校溜达一圈,下了车我们就把烟点上了,抽了几口没舍得丢,藏在手里躲着保安进了门。没走几步,张子健就抽了一口,火星子直冒,被后面的保安看见了,保安大喊:"你们几个站住!"

我一想,被抓住还得罚款吧,于是大喊:"快跑啊。"

我们三个沿着学校公园的路跑了过去,那几个保安大哥也是吃饱了没事干,一直追,追到我们几个跑到下沉公园了还不放弃。我们只好跳进冬天干枯的水塘里了,趴在雪里装死,但保安大哥的探照灯太好用了,他们不仅把我们寻见了,还喊人来把我们包围了。

我说:"今天我们已经打过一架了,不想再被揍了。"

张子健说:"真跑不动了,我今天穿的皮鞋啊,刺溜刺溜打滑。"

崔胥说:"不行,必须和他们干。"

张子健说:"我们俩还要毕业证呢。"

崔胥说:"要这破学校的毕业证干啥?我给你们俩办个美国大学的毕业证。"

张子健说:"别扯淡了,大海,你说咋办?"

我说:"我都快被雪冻死了,和他们干。"

后来我们和保安打到一起,三个人都吃了亏,眼看占不到任何便宜,出于动物的本能全部逃跑了。保安大哥其实没下死手,也就是吓唬我们一下,不然我们几个都得残了。但保安记住了我们三个的长相,后来我们去学校里面摆摊卖盗版书一直被赶。我们买了烟酒送礼也无济于事,我们卖盗版书的生涯就这么画上了残破的句号。

张子健因为看电影多,不久后就被程姐喊去编电影类的图书了。他可是遇到了熟门熟路的来钱之道,类似于"人生必看的1000部电影、爱情电影200部、艺考必看250部经典大片"的书,张子健负责出目录和进行最后一道稿件审定,其余内容程姐的人从网上复制粘贴一下公共资料。程姐的图书公司就开在高碑店一家印刷厂里，我去过一次，两间小屋，十几台电脑，现在开始走正规化了，后来一直拿的是正版书号。

张子健后来有个喜好就是去新华书店找自己编的书。他给自己起了个"鬼号"叫"黑鱼"，不久之后，署名"黑鱼编著"的书一整排一整排地出现在各大超市卖场里，成为家庭购书的必备之选。

崔胥什么时候收拾行囊走掉的，无法考证了，某天我和张子健去找他时，看见门口堆着一堆他的东西，屋子里有个男生坐在床上抽烟。我们就问这是咋回事，男生说："这奇葩消失了，东西都没带走，怕是叫人给害了。"

我们急忙打电话，打了十几通都没人接，张子健说："人各有命，兴许他能回个电话。"

我发挥了想象力，说："他可能去寺庙闭关了，吃斋去了。"

某个早上，我收到短信，张子健和我收到的短信一模一样："我出去走走，回来后再联系。"

/ 3 /
杂志

毕业前两个月，我被董主编推荐给了一名姓廖的主编，似乎主编都和我有点儿缘分。后来我分析，可能是主编年纪小还没有被生意思维给泡烂，到了总编那个位置一般只想着钱，不看具体内容了。其实没所谓谁高谁矮，都是迟早的事，谁还躲得过真理？

廖主编之前是当时做新闻之人理想圣地的《财媒》的首席主笔，据说是因为和内部一名女记者搞地下恋没搞明白，心死了出来创业的。投资人一窝蜂投了他，杂志出版了四期不见起色，主要原因是文章不生猛了，没有之前的伶俐劲。第一次见廖主编，我进杂志社门口时一头撞上了两只大乳房，直到今天，那两只大乳房依旧保持着我认知范围内第一的位置。我连说："对不起，对不起，我实在没看见。"

对方说："没事，没事，我都习惯了。"

我抬头就看见一位比我高两头的女士，目测至少得有300斤，但慈眉善目笑容和善。

她说："你是来面试的吧？我带你去会议室等廖主编吧。"

我随她进了会议室，她说："你在这里等，那书架上的杂志可以先翻翻，对你有帮助。"

那天我等了一个小时才等到廖主编，记忆中那天天气很冷，我在那里喝了三杯热水，上了两次厕所后，实在没有耐心继续坐着，打算跑了。

正当我无聊时一个姑娘推门进来，寒气逼人，坐在我面前打电话，也不回避有个陌生人。姑娘戴一顶针织帽，帽子下面坠着两条假辫子，眉头紧锁，说话语速奇快还很暴躁，听内容是在采访一位大学教授，经济学相关的。她没问几个问题，倒是被对方问了好多问题。

"复旦新闻系。"

"二十六岁。"

"湖北。"

"独生女。"

"欧阳教授，您现在可以回答我的上一个问题了吗？"

"没有男朋友。"

"好的,谢谢欧阳教授。"

"录音了,我记性不好,怕忘。您放心,稿子写好后会给您确认的。"

她挂了电话,骂了一句。

我对着她笑了笑,她问:"你干啥的?"

我没说话,继续看着她。她和我想象的那种女记者一样,漂亮干练、脾气暴躁、性子直爽。

她说:"面试的吧?我告诉你,千万别来这里上班,这可不是什么好地方,记住了没,小弟弟?"

我说:"我的年纪要比你大。"

她说:"那无所谓。"

我问:"你叫什么啊?"

她说:"你猜啊?"

我打开刚从书架上拿下来的杂志版权页,看到记者名单,第一个是张鸣,男的,第二个是李萌。

我说:"李萌。"

她说:"她上个月就走了。她是我们这里最好的记者。"

我说:"那就是马晓雨。"

她说:"是我,你怎么这么快就猜到了?记者那么多。"

我说:"按照你这性格,你不是第一就是第二啊。"

马晓雨说:"弟弟你嘴真甜。"

有人在外面敲门,马晓雨示意可以进来,男士说:"张老师觉得你那篇稿子有几个句子得改,主编看过了,可以改。你来看着,我可不敢在没给你说的情况下就改了,直接在版上改吧,明天就交片了。"

马晓雨说:"这个编辑是主编找来专门和我作对的吗?每次都找

碴儿。"

我看着马晓雨走出去时回头看了我一眼，听见我心里发出一阵嘀咕：我不能再喜欢上谁了，我这样的人，已经被钉进棺材了。

他们走掉后，进来一位穿一身西服的女士问我："你是小苏吧？"

我说："是的。"

她递给我一张名片，上面写着：客户总监杨西南。

她接着说："廖主编今天有个讲座来不了，现在我给他打个电话，他给你说。"

电话接通后廖主编说："我看过你的博客，你来这里，咱们一起干点儿事情，我还看过你在《财媒》笔试的文章。"

我回："《财媒》当时没要我，我还是有点儿失落的。"

廖主编叹了口气说："你不是名校的，他们喊你面试其实是给名校的学生摆数字用的，让名校的学生看着人多，到时候好压价，现在的行情不太好。"

我说："那笔试的文章也没人看了？"

廖主编说："抽一些看看。"

其实我后来很多次梦见那次面试的场景，当时我还是很懊恼的，《财媒》在 2010 年毕竟还是很主流的财经媒体。

我在学校的机房里用杨歌还没有用完的网卡上网查过廖主编的资料。廖主编眉清目秀，二十多岁就一头白发，尤其那头白发很吸引我。我看网上还有一些诋毁他的文章，说他有很严重的狐臭，这点我倒是无所谓。我对和他有绯闻的女记者也崇拜极了，网上的女记者的照片冷艳，我搜了女记者的几篇文章，文章的格局虽然没有廖主编的大但才情横溢，比廖主编的文章有感情、有功力。廖主编的文章格局大高度上有噱头，但有股子油滑感在里面。我没想到的是廖主编声音轻柔，语速温暾，和我想象中的差很远。

我立马答应了廖主编的邀请，杨西南后来和我聊好了工资待遇：1600元底薪，每月按照发表量千字500的稿酬。因为是月刊，不如周刊发稿量大，所以大家内部竞争，看稿子的采用率。

我下了楼，第一个想到给钟离打了一个电话。

钟离说："大海，你不看《创业家》，不看《互联网周刊》，不看《第一财经周刊》吗？你说的《财媒》我都没听过，你得跟上时代。"

我好奇地问他："你现在都看这些杂志了？"

钟离说："看这些杂志不是看具体内容，是看他们报道的风向。你没发现，这些杂志百分之八十的内容是和互联网相关了吗？"

我说："我还真没注意过。"

钟离说："下周有个互联网大会，你跟我去看看吧。我在生活论坛还有个讲座呢，你给我捧个场，还有四五个名额，你可以带上朋友。"

钟离又说："另外，纸媒已经过去了，现在是互联网的附属品了。为什么？因为纸媒的速度太慢，一切都会被互联网改变的，互联网为一切加速，也摧毁了一些陈旧的东西。这样，我今晚给你转几篇文章你看看，也进步一下。"

我记得那天的电话里我的每句话都会被钟离打断，他的话语里有淡淡的嘲笑之意，但都无懈可击。我的脑子嗡嗡叫，我感觉钟离在我眼前已经成了一座山，而我还是那个和他一起去西单买手机的贪生怕死的穷光蛋。

在互联网大会上，我看到一群和我一样兴致勃勃的年轻人，他们的胸前都贴着自己的网站的名字，脸上洋溢着的那种光彩是我前所未见的。在国家会议中心里同时有六个论坛在进行，我坐在生活类论坛的会场里，看着站在台上一身西服，面前竖着话筒，头发剪得整齐的钟离，突然想到大二那一年，我在网吧看到的一则新闻：大二大学生开发了一个许愿网站，每个人可以在上面许个愿，然后输入收件人的邮箱，设定好时间，对方收到邮件后可以点开查看。这个网站在情侣间迅速火爆起来，被某大型互联网公司用1000万人民币收购。我把这个新闻转发给了钟离，当时说："我们啥时候才能有第一个自己的1000万？"

钟离的回复是："别做梦了，好好打游戏。"

钟离那天的演讲是"互联网如何选择商家给消费者"。当时点评类网站、消费打卡类网站、博主达人、意见领袖等刚刚起步，钟离已经嗅到了这些商机，于是开始大规模签约各类红人和达人，然后根据不同的特色进驻不同的平台，并在微博等平台注册了各个消费领域类的大号。他说，这是他做互联网营销的一次升级，未来互联网上的生活消费就是这些账号后面的人说了算。

钟离很顺利地拿到了A轮融资，他旗下培养了诸多新媒体大号，短时间内迅速变现的有美食类、游戏类、旅游类和化妆品类。

/ 4 /

新媒体

我在廖主编那里干了四个月后，刊物的刊号被停了，据说主管单位起初觉得这刊物给廖主编是能给他们长脸的，没想到廖主编这货不仅没长脸还乱干一气，主管单位现在觉得这本刊物没有必要被廖主编这么祸害下去了，将重心转移到了旗下其余两本刊物上。

其余两本刊物定位比较清晰，而且是周刊，人物类和文摘类的。人物类刊物利于二次传播，在新媒体上不受载体限制，只要被采访对象噱头足即可；文摘类刊物作为互联网的二次挑选，贩卖一些残羹剩菜。

主管单位做纸刊就是个摆设，重点是电子刊的流量和广告收入，还有在各类互联网平台建立的媒体矩阵吸引流量，廖主编接手的这本刊物偏特稿和深度报道一些，商业分析和趋势文章占大半，广告都是汽车、手表、旅游、地产这类的，一篇稿子没有几个月时间的采集是出不来的。而我负责杂志最后的两个栏目，一个是新锐商业人物，每个人物2P版面，另一个是财经类新书的推荐栏目，八本书占1P。

封面文章我参与过几次，署名都是最后一位，那时候我的梦想可现实了，就是想着能自己独立完成一篇封面文章。我的采访资源都是钟离提供给我的一些互联网新锐，被我采访过的人现在上市的有六位了，有点评类网站的，有团购类网站的，有分类信息网站的，还有互联网速食企业。每次文章都能很顺利地过稿，廖主编会把修改完的文章发到我的邮箱里。他喜欢把我用的所有非常规用词全部改成常用词，使得我的文章看上去特别平顺，老气横秋，毫无才气。

第一次他在邮件中问："这些词语都是什么意思？"我一一回复过去，他回复过来："下次不要用这些东西，给我用最常用的词语写作。"

后来的文章他什么也不说，只保留修改痕迹发来。

某天马晓雨跑过来和我说："现在咱们这里的记者就余下你一个了，我也要走了。"

我问她："你去哪里？"

马晓雨说："去一本刊物的微博部门，专门发段子。"

我说："那多没意思啊？"

马晓雨说:"只要一个月关注量破百万,我的月薪能拿到 20 万。"

我说:"那这边你就扔下了?"

马晓雨说:"看在廖主编的面子上,我起了笔名,给他写稿子。"

我好奇地问:"叫什么呢?"

马晓雨说:"马小羽,大小的小,羽毛的羽。"

我说:"和我的同学一个名字,只不过我那同学是男的。"

马晓雨说:"你好自为之吧。"

我说:"等你混好了,我找你借钱去。"

马晓雨笑着说:"你想得美,我还打算找个小男朋友养起来呢。"

我跟着笑,说:"咱们是不是没遇到好时候啊?"

马晓雨说:"我读新闻时也是有一股子热血啊,咱们廖主编多有才啊,还长这么帅,可惜被杨西南那老娘们捷足先登了。"

我说:"啊,他俩是一对啊?"

马晓雨说:"不然咱们这杂志哪里来的广告?新刊物,早饿死了。"

第二天中午我在楼下吃面,廖主编进来一起吃,他看着我说:"你怎么吃这么简单?"

这话问得我有点儿难为情,我说:"一直这么吃。"

廖主编说:"下午你到我的办公室来一下。"

我下午去了,坐他对面,廖主编说:"咱们的刊物以后转直投了,要几个编辑就够。你呢,还年轻,可以多看看机会。"

我说:"明白。"

廖主编说:"你可以往内容行业走走,媒体这行还是需要及时性。"

我低头回答他:"懂,我懂。"

廖主编说:"没什么送你的,这本《华尔街日报是如何讲故事的》给你。"

那天下午三点我就下班了，进地铁后，钟离打来电话，说："国庆假期去学校一趟看看。"

我说："正好一群人在我这儿呢。"

钟离说："渣哥和小羽也到北京了。前几天他们找我借钱，我顺道给喊来了。"

我说："这回人全了。"

我又问："他两混得咋样？"

钟离说："没细问。"

我回到租的房子里，告诉挤在屋子里的一群人我失业了，大家都说："欢迎你加入我们的团队。"

似乎那段时间大家都失业了，第一份工作就像初恋，没有想象中那么美，却有想象中那么伤。

第二天我们去了学校，才有了我的手机里常年保存的那张照片。

从学校返回后不久，我的屋子里的人一个个搬走了。我记得当时有的人找到了工作，有的人找到了更加舒服的住处，也有的人是其他不明所以的缘由。

豹子去了西苑那边，张子健搬到了酒仙桥，崔胥去了杭州，宁国辉住到了西单，孙红涛在立水桥。

张子健继续跟着程姐做图书出版，程姐的公司停业了一段时间，现在重新开张了，还拿到了一批新资金。不过他说了，现在大家都在网上看书了，搜索资料也方便了，之前那种书没人买了，智商税不好收了，现在得提高原创度，程姐开始做原创了。

我说："那你们这算是洗白了，从盗版书做到了品牌出版啊。"

张子健说："你写本小说，要那种酸溜溜的生活的，一定要假模假式的，千万别太苦，别真实，一定要浮华，最好里面有只猫或者一条狗。

我来策划包装你，把你搞红，不过你这长相和穿衣品位，我觉得红起来太难了。你太糙了，不精致，我们要的是那种嫩嫩的作家，现在男作家比女作家吃香，只要写得不差就好。"

我点了点头回他："去你的。"世界的变化真的快如闪电。

/ 5 /
合租

  我不得不说一下我租的那间屋子，因为在我的记忆里那段时间清晰得厉害。主卧住着一位女出租车司机，被老公抛弃了，带着女儿住，因为女儿在附近上学。她经常半夜骂完女儿就哭，一哭哭半宿，我们几个人反正无业，白天睡得多，晚上看电视、下棋、发呆、抽烟、出门遛弯，然后就听她哭。

  后来我们对了一下，女司机把自己悲惨的经历分别给我们说了一遍，每次说的时候都哭，其中豹子还被抱着哭过。我们都劝豹子要不要直接升级成后爹，这样老婆、孩子都有了。豹子说，还是宁国辉合适，宁国辉说他宁可打光棍。最后我们都觉得孙红涛比较合适，孙红涛说他还有个青梅竹马的小妞在老家等自己呢，不能就这么辜负了一颗纯洁的少女之心啊。

  女司机其实长得不丑，就是脾气臭，嘴里全是脏字。我们分析了，让一个女人带一个胖丫头生活，谁不上火？搁谁谁都想骂人，别说骂人了，骂整个世界都是应该的，谁也不能拦着，拦着就是有违人性，该骂就骂。

三卧住着两个海外留学回来的医生，是一对恋人，同性，刚买了房子在装修，在这里租半年过渡。两个人甜蜜得不像个样，说实在的，我到现在还没见过比这两个人更加甜蜜的情侣。两个人每天下了班就熬汤，一熬就两个小时，我们都在屋子里一边看电视一边流口水，真是他娘的受折磨。后来这两个人搬走了，搬进来一男一女，男的到了晚上就打女的，我们不知道打的是哪里，只听见啪啪啪、啪啪啪的，有时候女的哭，有时候不哭。每次当我们打算过去破门而入阻止他们别闹出人命时，女人的声音就变了，变成了呻吟声。这声音太熟悉了，我们在豹子的电脑里听过无数次，第二天只要我们看见那女的，都会好好地打量一番。女孩个头奇高，有一米七，长头发，男的是个矮子，个头只到女孩的胸部。女孩见了人喜欢问好，不论当天是第几次遇到，总说："你好。"

我们猜过这女孩是不是被打傻了记性不好，有时候看她的两只眼睛都是青的，像个熊猫，坐在餐桌前啃玉米。她煮玉米一次煮十多根，有时候送我们几根，有时候一个人就全部吃完了，但每天脸上都挂着笑。女孩不上班，一整天一整天地待在家里，男的下班比较晚。我们问她男朋友是干什么工作的，她说是收债的。

后来这两个人在某天半夜搬走了，第二天早上起来我去卫生间时看见屋子里空空荡荡的，接着就搬进来一个皮条客。他年轻，帅气，个头很高，年纪比我小，源源不断地给这座城市输送年轻的肉体。那些姑娘从小城第一次来到大城里，总会被他带出去换一下行头，做个新发型，找人给她们定制一套妆容，从清纯少女一夜之间变成妩媚性感的猎物。

他有个女朋友，但时间没过多久，我就看见姑娘湿着头发穿着棉睡衣踩着拖鞋拉着行李走出了小区大门，冬天，姑娘头上还冒着气，那也是我最后一次见到她。

她从来不叫床，哪怕皮条客多么兴奋，她从来不发出任何声响。皮条客从来不睡刚入城的女孩子，只在那些女的坚持不下去，被人打了，或者大声哭泣时，才会在电话里安慰她们，给她们讲道理。讲到一半，他就会说："你来找我吧。"

我时常半夜被敲门声吵醒，女孩子们妆容凌乱，泪眼婆娑，皮条客总是告诉她们："你们忍一忍，一晚上好几千呢，干几年就可以回家做正经生意了。"

我经常听到他这么说，然后他就会把敲门的那个女孩睡出惊天动地的喊叫声。我觉得他懂得一个道理，说什么都不如爱她们治愈人，用男朋友的身份去睡她们。那些女人的声音极其动听，可能这也是职业素养的一部分。

有时候一晚上会接二连三地来人，皮条客都会给她们点外卖、买啤酒，然后睡了她们，送她们开开心心地离开，然后给我说："对不起啊哥们，老家来的小妹妹，都不懂事。"

他很快就买了车，然后间歇性地消失半个月，生意做大了，说去支援河北的几个城市了。

后来我要搬走，他说能否提前把我的屋子转给他。我的屋子大，他说可以一次住七八个姑娘。我说没问题，可以给他算便宜一点儿，他说："不用，我给你加2000，水电费再给你补1000。"

次卧本来就我一个人住，后来我的那帮哥们一个接一个地住了进来，就变成了群租房。幸好我这帮哥们都蔫了，那段时间感觉他们都是"活死人"，话少，吃得少，多数不动，也不相互问话，怕伤面子，有吃的了就吃一口，没吃的了都干坐着。

某天早上我看到床上睡着豹子、张子健、崔胥，地板上睡着宁国辉、孙红涛以及我，一间 20 平方米的房子里，我们睡在一起。我记得那段时间大家极其安静，我们每天看电视剧，电视上播出什么就看什么。也想不起来那段时间是谁做饭了，我只记得我是在洗碗，天天洗，把这辈子要洗的碗都洗完了。

我记得张子健负责做西红柿炒鸡蛋，他做的这个菜不费料还下饭，深受大家喜欢。

那天我们起床就没看见崔胥，猜崔胥是不是就这么走了，因为他这趟回来也没有带行李，一副揣着好多事情的样子。这一年他一直在外面乱跑，不知所终。我们几个轮番上完厕所的工夫，他回来了，他说睡到半夜就没觉了，出去走了走："我们要不要回学校一趟？"

正好钟离也有回学校看看的想法，大家难得碰到一起。到了学校，说这次一定要多拍点儿照片，我们模仿各类电影海报的站位，在学校各个地方拍了好多照片，还去了我们的 501 宿舍。那是我们共同认为的我们在北京的起点，是圈养我们可怜的信心的角落，当我们无数次被打趴下时，我们都是在那间屋子里的床上重新捡起尊严的。

我们敲开门，说明了情况，学弟们让我们进去了。我看到我的铺位的墙上，我的那句话依旧在那里，没有被擦掉。我问现在这张床的拥有者是学什么专业的，他说是学中文的。

我说："咱们一样的，太有缘了。"

他看着我，有点儿像在看一只无故发情的狗。

/ 6 /
精英

钟离经常晚上打电话过来喊大家去后海喝酒,我们几个经常借机喝醉,趴在马路牙子上吐。

钟离说:"这才像北京了,是我们想象中的北京啊。"说完自己也哇哇地吐。

我们几个时常蹲成一排,这让我想起小学时蹲厕所的情景。我们看着夜空,清凉如水,看着马路热气腾腾。

钟离说:"我最近买了套大房子,快装修好了,你们来和我一起住吧。"

其余人没说话,其实大家心知肚明,我们之间有了某种说不明白的距离,这种距离已经让同学关系有了变化。距离有时候是工具,是工具就得用对,用在合适的时候。

我问:"每人能给一间屋子?"

钟离说:"能给。"

我兴奋的声音都有点儿高了:"那可好极了,我们又和大学时一样了。"

前不久我接到小羽的电话,他在电话里说得很委婉,我明白他们和钟离闹了一些不愉快。我记得在钟离的事业起步时,他带我去和一家做高端装修的老板聊合作。那天很晚了,我们在 798 里逛了好久才找到那栋楼,楼的门开在一棵树后面,原来那老板约我们见面的地点是个画廊。

几个人坐在空荡荡的画廊里,说话都有回音,先扯了半个小时的闲话，才开始聊正事。这老板其实心思不在装修上，而是做装修时捎带把自己的小情人的画卖掉。

钟离给我讲，这老板就这样捧红了不少女画家，还有几个女舞蹈家，所以女情人不少，压力也很大。

钟离去上厕所时，老板问我们是不是同学，我说是的。

他接着问："那你们是合伙人？"

我说我是帮忙的。

他说是帮忙的就好，千万别给自己的好朋友打工，到最后朋友也没的做。

最后只有豹子、宁国辉还有我住到了钟离的新房子里。张子健在图书公司干了一年后离开北京了，走的时候请我们吃了一顿兔肉。他说他从来不吃兔肉，要离开北京了，吃一次，让大家都记得。

张子健决心离开北京是我们万万没想到的，要说热爱北京，钟离的爱都是面上的，图个爽快，张子健的爱是了解了之后爱，求的是心理需求。

吃饭时，我们问他脸上和手上的伤是咋回事，他掩饰说是自己摔的。一直到后来他结婚很久了，说那是一段很窝囊的回忆，因为女人和人打架，重伤在床上躺了一个月，伤心透了。

张子健的这段故事在我这里始终是空白的，他至今没有描述过任何细节。

我在钟离的新房子里住的时间最长，豹子和宁国辉住了一周后不来了，都说觉得上下班不方便。这也是实话，但更大的隐情是大家的生活习惯确实不一样了，钟离半夜起来穿着丝绸睡衣、抽着雪茄、喝着红酒坐在客厅里，而我们几个还时不时地跑去对方的屋子里打开电脑看几部日本新出的片子，这个爱好始终没有因为时间而变弱。除此之外我们更加喜欢一些真实的节目，再也不喜欢看那些理想主义的东西了。我们经常坐在一起看的是求职类节目，那段时间求职类节目火得出人意料。

钟离开始做很多噩梦，有一晚我起来上厕所，看到他满头大汗地坐在客厅里。

我问他："做什么噩梦了？"

他说："梦见台秀竹了。"

我问他后来有没有爱过其他女人，他问我还记不记得管燕，我说记得。他说后来搞婚纱摄影的老板甩了她，娶了一个管理财务的女人，不知道是爱情还是工作所需。管燕第二年就迅速嫁了人，好像是嫁给了开商城的人，总之一下子住上了豪宅，开上了跑车。

钟离说："像她这样的女人没有必要受那个苦对吧？"

我说："那样的女人可以不受苦。"

钟离说事情没有我们想象得这么简单，要是一问一答的世界那也就简单了。钟离说他有一次在楼道里看见管燕坐在黑暗里哭，他想上去安慰她一下，但不知道说啥，也不能假装没看见，就想硬着头皮往上走，结果管燕抱着他的腿哭。那一刻他觉得这个女人实在太可怜了，这种怜惜的感觉从哪里来的钟离说自己也搞不清楚，反正自己也就开始疼惜这个女人了。钟离说他们第一次做爱就在管燕的车里，说他经历过的性爱从来没那么好过，有一种"你是我的，我是你的"那种感觉。

我记得他给我描述时就是这么斩钉截铁，他说和其他女人在一起时，其他女人总是一种"你在占我的便宜，我吃亏了，或者说我在施舍你"的感觉。

我对钟离的男欢女爱史充满好奇心，好多次诱导他在午夜时刻讲述一番。我曾盘问他最喜欢的是谁，他想和谁结婚，梦里常常梦见的是谁等一系列问题。

我感觉我们的关系随着这些东西又一次接近了，他不再是那个出现在媒体报道里的创业新贵，不是西服革履的新锐精英了。

/ 7 /
报纸

在钟离那里住了几个月后我又经人推荐到了一家老牌报社上班，这时候去老牌报社类似于职业生涯的自杀。主编把我安排在副刊，但我经常编发一些有关童年往事的散文或者愤懑的诗歌，主编觉我不太适合这个位置，副刊要多发赞美生活的文章，不论生活多苦，人们必须赞美。

主编问我："懂不懂？"

后来这些年我经常被人问"懂不懂"或者"明不明白"，我也不知道我懂不懂、明不明白，可能我的记忆不怎么好了，当时肯定是懂的，只是时间长了就忘记了而已。

我被调到新闻调查部门，主编说我有种苦大仇深的感觉，一定适合这个部门。这个部门的领导问我之前都干过些什么，我说我一直写人物报道的，专门夸人，夸人功力特别深厚，被夸的人都愿意掏钱上广告。

领导说："很好，咱们这里就需要你这样的人。"在来这家报社之前，我其实到马晓雨所在的杂志社上过一天班，马晓雨已经是他们杂志社微博部门的主管了，他们的微博在我去的时候已经有六百多万粉丝了。马晓雨也在各个年度颁奖中拿到了很多奖牌，什么年度营销奖、年度品牌奖、年度新人奖之类的。我经常在微博上看到她，马晓雨喊我去说要做另一个号，专门做财经类信息，编发流程很简单，从网上随时发现新闻，立马编辑成自己的语言，然后发主编审核，主编五分钟内审核完毕，发布微博。

我上班的第一天发了五条微博，其中四条被证实是假新闻，而且转发量很低。马晓雨让我间歇性多发几个"鸡汤"段子，并给了我一本段子书，我翻了几页，那些段子就是当年的群发短信，现在改良成了岁月静好励志向上的"鸡汤"。

我随意复制了几段内容上去，转载量迅速飙升。得了甜头后，我灵感大发，进而编辑一些胡编乱造看上去很有道理的句子，在后面署上著名人士名字，没想到效果更好，还有些明星和大号都开始转发了，我又气又好笑。

有一天深夜，我接到主编的电话，让我去印刷厂，说考虑很久觉得我最适合去送报纸，年轻清闲不耽误工作。我到了印刷厂然后找张师傅，报纸凌晨三点出来，但现在协调好了，十一点就出来120张，让我带着120张报纸坐十二点的火车到长春交给提货人。提货人姓马，脸上有刀疤，很容易辨认。

这120张报纸千万不可丢失，因为这是内部定制版，和公开发行版的版面不一样，原因是在某一个版面上给一位老板做了专版，这老板第二天要做培训。

我问主编可不可以不去，主编说不能不去，要是不去明天就直接不用来上班了。

报社在裁员，现在正好找不到借口。我说我还没去过长春，正好去一趟玩玩，主编说坐下午三点的火车回来，另外提醒我明天长春降温了，大概零下二十摄氏度，别被冻死在那边，回来还得接着写赞美人的文章。

我到了长春后,刀疤脸男人从出站口一把拿过报纸头也不回地走掉了,没有说一句话,连个接头暗号都没有,我像被人抢劫了一样。

出了车站鼻子的鼻毛都被冻住了,我找了辆出租车钻进去,司机说今天长春太冷了,问我要去什么地方,我说:"我就不知道去哪里,你去哪里我就去哪里,太冷,我在你的车上躲一躲。"

司机说那这样,他反正要拉人,就继续拉人,让我啥时候想下车了就说一声,坐到天黑也只收我100元。

先后上车的有带着女儿的母亲,有寡妇,有光棍,还有个去医院的老大爷。

到了中午司机就问我:"你是记者还是警察?"

我说:"你为什么这么觉得呢?"

司机说只有这两种人才这么闲。我说我是记者,他说那就对了。我说我是没证的记者,司机说司机必须得有证,你们没证的记者总得有假证吧。我说存在有假证的记者,但是我连假证都没有。

没想到回到报社我真的被调到"假记者部门"去了,这部门的名称是我们内部起的,因为这个部门干的都是敲诈勒索的事,主要是针对煤矿矿主还有一些有污染的企业,拍几张照片写一千来字的文章发到那企业的负责人手里。企业负责人自然明白这个道理,三天内几十万就到了报社的账上。我每天给一群不知道哪里来的记者编稿子,他们带着稿子来到办公室交给我,我按照主编的要求加工整理,修改措辞,让报道看上去正规书面一些,然后再返回给他们。

这事干了几个月后,某一天我去上班,看到楼道里一群穿着黑色西服的彪形大汉把报社干瘦如柴的编辑们围城一圈,报社的人蹲在地上抱着头,有几个人头上还冒着血。

主编在楼道里喊"今天放假",让大家回家休息明天再来。

第二天我去上班时，主编让我去另一个办公地点上班，在某机关大院里，武警站岗，一般人是没法进去的。机关大院里有家一旅社，旅社的三楼是外租的，都是有关系、有门路的人住这里，多数是来这里躲事的，因为安全有保证。

主编顺手给了我一个硬盘，说只有他要才能拿出来，其余人要死也不给，万一无法保护周全就直接扔河里。

我问："我可以看吗？"

主编说："你也看不懂啊，这东西对你来说就是个硬盘。"

我问："那我还是报社的人吗？"

主编说："你是哪里的人不重要，重要的是钱不少你的，工资卡每个月会定时到账。"

我又追问他那我每天都干什么呢？他神神秘秘地不明说，大概意思是每天的事都有专人来传达，因为工作内容极度保密，不能往外说，我也不能预先知道。

我一听就觉得不是什么正经事，但去的第一天就被机关大院的食堂收买了，不仅菜品半价还卫生好吃，全国各地少有的名吃每天轮着来，我下定决心在这里混一段日子。

第九章
2010年 幻梦

/ 1 /
章　鲜

我带着那个硬盘去机关大院里上班了，那段日子闲得都有点儿莫名其妙。每天晚上我和钟离都要去小区外面的一个清吧喝酒，回来的时候总会在路上遇到一个卖手绢的姑娘。

钟离某一天上去问姑娘为什么卖手绢，姑娘给他说因为好看啊。钟离说是你觉得好看，不一定别人觉得好看啊。姑娘说那没关系，她觉得好看就行了。

钟离继续追问她那卖不掉可怎么办，姑娘说不可能卖不掉。

钟离问为什么这么自信，姑娘说："你看你都好奇为什么我半夜在这里卖手绢，你这样的人可不止一两个，你问了这么久不买几条手绢吗？"

钟离买了三条手绢，回来坐到客厅里看了又看，然后说他明白了，那姑娘卖的不仅仅是手绢，她本身就长得很好看，卖的是审美。

他问我他分析得对不对，我问他是不是喜欢那个姑娘，要不要我们出去再看看，兴许她还在路边。

我们两个出去没找到那个姑娘，之后再也没有遇到过那个姑娘了。

钟离过了几天老说我们是不是中邪了或者遇到什么天使来点化了，怎么就再也找不到那个姑娘了呢？我说姑娘可能是流动作业，兴许在这一片卖完了就到其他地方去卖一卖。

钟离每天拿着手绢看了又看，觉得这里面肯定有些未解之谜。

我记得那是个很平常的午后，我和钟离走路走到了一个村子里，村子里之前似乎有很多工厂，现在全部搬迁了，那种颓废景色让人心里很慌张。

路过一家厂区医院时，钟离在门口四下张望，我说这医院看上去比我们还要老，钟离说："你在门口等我，我进去看看。"

我说："我陪你去吧。"

钟离没让我进去，说在门口看着，这医院看上去特别恐怖，万一里面出来个什么怪兽要吃人，逃跑起来也方便。

我说他怎么还这么有童心，他说："你看这医院上空的云都不对劲。"

我抬头往上看，没什么不对的，就是云重了点儿，要下雨了，医院满墙的爬山虎倒是让人想到电影里的很多鬼屋。

我在门口等了好久，钟离才出来。我问里面怎么样，他说里面很可怕，全医院就三个人，他去了一趟药房。

我问他去药房做什么，他说去找药。

我奇怪他在这种破医院找什么药，他很失落地说："我之前吃的那种药停产了。"

我问："那替代药呢？"

钟离说："其他药物我都觉得不太对劲。"

我说："这可如何是好啊？找关系问问。"

钟离说："关系也产不了药。"

我到现在仍记得他说这句话的时候那种从胸腔里发出的沉重感，那是一种长时间的绝望心情。

我说："这几年看你没事，从来没问过你的病。"

钟离说："感觉没什么事，但又感觉哪里不对劲，医院也没挑出什么毛病。"

我跟在他后面，眼看就要下雨了，但是他毫无所觉，走得很慢，一步一步像要把地踩出印子才罢休。我跟在他后面，觉得自己像一条狗，在慢慢变小，慢慢萎缩，到后来变成了一只被雨浇烂的耗子。

我在机关大院上班半个月后，就从钟离那边搬了出来，节省通勤时间。

那天我正在微博上骂人，突然有人敲办公室的门。我喊进来，进来的是一个姑娘。姑娘气质超脱，一身文艺打扮，我问她找谁，她说找苏大海。我说我就是，她说她是我们主编的妹妹。我问是真妹妹还是名义上的妹妹，她给我看了身份证是真妹妹。

真妹妹叫章鲜，这名字一看就是自己改的，哪有爹妈这么给孩子起名字的？我内心笃定这姑娘肯定不是个善类。章鲜说她哥哥说了这里最安全，让她住在这里。我说这里没办法住人，只有办公桌，章鲜从包里掏出两大捆人民币，说："你给看着办了。"

我拿着钱说："好嘞。"

我到家具城买了床以及一组沙发和茶几，打电话问章鲜还要啥，她说必须有个化妆台。我问她被子、床单、被罩都要什么样的，她说随便凑合一下就好了。

我每天早上九点去上班时，她还在里面睡觉，我在门外敲半天门她才能起来。刚开始她还有点儿女孩子的矜持，穿上外衣开门，后来时间长了，直接就穿着短裤闭着眼睛开门，然后又摸到床上接着睡，有时候被子也不盖严，两条白花花的大腿就放在外面。

那之前我很少看到如此美丽的倦容，有几次我梦遗都梦见了她。为了克服我这罪恶的心里，每天我都尽量晚点儿去，但我去得晚了她就起来得早了，总是对不上点儿。

我问她每天晚上都去干啥了，她说和朋友去喝酒啊，吃饭啊，还能干什么？我说你们看上去都不是啥正经人，她说确实是，她们学音乐的人毕了业有的就早早嫁豪门了，她还有事业心，现在不着急，正打算开个人演奏会，完成一个心愿再嫁豪门。

她让我每天早点儿来，不然就告诉她哥哥扣我的工资，我说她穿整齐点儿早点儿起我就早点儿来。她说像她这么美的妞别人想看还看不到，给我这么好的机会我还不好好把握。我说我把握是把握，但也是个人，怕把握不好就失控啊。她说那是我自己的事情，和她没关系，她给我机会了，怎么利用是我自己的事情。

她每天下午要去练钢琴，出门一个小时后我正好就下班了。中午我们常常一起去食堂吃饭，有时候吃到一半她就被电话叫走了，然后着急化妆穿礼服。

我问她每天穿这么隆重干啥啊，她让我去大院门口看看那些接她的车都是什么车，那些接她的人都是什么人，她可不想被人看不起。

她有段时间看我穿得太破了，短袖都起球了，就给我买了两件衣服让我穿。我说我可不想穿，是不是什么贵族公子哥穿了不要的拿给我的，她骂我傻，我只能听着。

一天中午我吃完饭回去看到她坐在楼道里哭，问她怎么了，她说公子哥放她的鸽子，她去门口没看到车，她穿着礼服和高跟鞋打车到了很远的地方，人家最后没去。

我说："你看吧，你看吧，他们都不爱你，你得找到爱你的人啊。"

章鲜说："你懂个屁，爱不爱的最后都一样，我要不是想开个人演奏会，会吃这苦？！"

我问："为啥非得开啊？"

她说她要和她的姐妹们不一样，她们一辈子在大房子里一个接一个地生娃，男人在外面干啥她们连问都不敢问，最后青春里连一件有意义的事情都没有。

我听完她说的这些话，那一刻觉得我爱上了这个女人。

章鲜喜欢买时尚杂志，各种各样的每期都买，买了也不看，有些连塑封都不拆。我说不看就别买了，她说闺密都买她也必须买。

我有一天很好奇，问她爸爸是做什么的，她说是公务员。我问是多大的公务员，她说在北京不大，在地方上能吓死我。

我没接着问，觉得她的胸一天天在变大，我就说："你的胸是不是变大了呀？"

她说她也觉得是，是不是二次发育了？然后她反应过来才跑过来掐我，问我之前都干啥，我说一直没干过什么正经事。

章鲜说："你要是'富二代'我兴许能嫁给你。"

我说："你这种姑奶奶我可伺候不起。"

她说她偷偷看了我写的诗，我说怎么可以偷看我的电脑，她说她想看就看，没什么不可以看的。

我说我的诗歌都是批评现实的，尤其她们这些资产阶级的大小姐。我问她最近是不是有男朋友了，她说是。我问她为什么不住男朋友家里，她说不能让男友的家人觉得她太随便了，这样日后她嫁过去会被瞧不起。我说她就是想太多了胸才变大的，她把一瓶水泼了过来，淋了我一身，然后着急地拿着自己的洗澡毛巾给我擦头发。

一股复杂的味道蹿入我的鼻腔，我感到眩晕，呼吸急促。我从毛巾下面看到她白皙的大腿，鬼使神差一样抱住了她。

第二天她给我说她在四楼租了一间客房，以后不住这里了，虽然很贵，但目前负担得起，没钱了找妈妈拿。我明白她的意思，她是怕我们发生不该发生的事，但还是有些气恼。

我说:"你知道你哥哥是干什么的吗?"

章鲜说:"我不想知道,只想自己活干净了,其他的事我不想知道。"

后来我们楼下楼上每天聊 QQ,中午一起吃饭,但是我们的关系明显变了,她再也不和我打打闹闹了。大院里那几棵树上的乌鸦也再没被人惊起,她坐在我旁边或者对面吃饭的时候都低着头不再说话,走路时走在我前面,走得很快,穿衣服也正经起来,再也不吊儿郎当的了。

一天晚上她发来两首歌词让我看,说她花 20 万元买的,打算谱曲发单曲。我看完歌词,说这写的就是一坨屎,屁也不是。她说这是著名作词人写的,我说那也是一坨屎。她批评说我这样的人就是没什么出息。

她有一天给我接了一个给县级公园写一篇赋的活儿,我写完署别人的名,给我 15 万元,800 字即可。这 800 字会被刻在一块大石头上,那块石头是从某山上搬下来的,是一整块,用了几百万元买的呢。

我说我写不了,她问为什么写不了,我说我古文底子差,怕丢她的人,她说那群人也不懂。我说有懂的人,这种事不好出洋相的,怕得罪她的朋友,不好交代。

不久后她达成所愿,开了个人演奏会,那天我也去了。她弹得一塌糊涂,但很开心,送花送礼的人也不少,但是她的单曲没有发成,至少我目前为止还没有听过她的单曲。

她搬家那天来我的办公室收拾东西,我说帮她打包,她就坐在沙发上用时尚杂志的大开页给我叠了一顶帽子拿过来套在我的头上,说:"这才像个搬家师傅嘛。"然后她在那里傻笑,说了一些告别的话。

我说:"你嫁入豪门时记得通知我啊。"

章鲜说:"喊你来还得破费。"

我说:"我就带着嘴去。"

章鲜笑了笑说:"豪门的婚礼都在国外举行啊,傻子。"

我羞愧地说:"嘻,吃顿饭成本还那么高。"

/ 2 /
钟离

一年过去了,我到了一家新闻网站上班,依旧负责人物采访。

某一天章鲜的哥哥给我打了个电话说章鲜要结婚了,邀请我去参加婚礼,我说国外太麻烦了,就不去了。章鲜的哥哥说国外的已经办完了,现在要在北京补一个。我想了想,说我还是不去了,最近有点儿忙。

不久后我接到采访任务,这次要采访的人物是钟离。我没有告诉主编我和钟离认识,只说我会按时交稿。

这其实是我最后一次见到钟离,社交网络已经阻隔了很多跋山涉水的见面。我和钟离约在酒仙桥的一个西餐厅里见面。

我说:"我来写你了。"

钟离问:"你打算用多少字写我?"

我回:"一万字行不?"

钟离说:"完全可以。"

我给他说前几天崔胥突然联系我,他已经出家了,我在他的朋友圈翻到了去年他就剃度受戒的照片。

钟离说:"真是没想到。"

我说:"我倒是不太意外。"

采访进行了三个小时,钟离突然说:"大海,你不能这么写我吧?你应该成为写某种生活真理的作家,不应该写这些东西。"

钟离接着说:"都是假的,知道不?都是假的,只有生活本身是真的。"

我诧异地问道:"什么是假的?"

钟离说,互联网上的一切东西都是假的,都是根据某种需求筛选出来的,不是全部事实。口碑是做的,点评是选的,连媒体都是跟风的,这一切都不真实。

他说他刚开始接到那么多单子,一个人根本做不过来,但是几百万元入账让他糊涂了,一本万利,只是那些客户都想让自己做到第一,哪里有那么多第一啊?一年后他们都来找碴儿了,他只能越做越强,不然那些钱都得还回去。他把原来没做好的客户转移到自己后来的业务上继续做,越做越多,越做越累,假里面套着假,都是虚张声势,都是没有情感的。

钟离说:"大海,你别写我这种人,写点儿其他的人,写点儿真实的人。你以前写的那些人多好?"

钟离说到我以前写的作弊的小学同学,为了爱情奔赴他乡的混混朋友等。那是我最后一次见到钟离,再后来我们只在手机里聊天,一直到我接到他妹妹的电话。

第十章
2014年 梦征

2014年，我工作几年，才对人生有了一些新认识。在这之前，我活得慌里慌张的，没个准心，和几个要好的哥们联系也少了。我们也不是不紧着联系，只是能聚齐的时候几乎没了，大家被撒在北京的各个角落里了。

　　我一直喜欢黑帮片里面那种哥们义气，只要是哥们在一起，每次拍照，我们都按照电影海报来摆姿势。

　　被学校扔出门后，大家好像都被打回了原形，找工作，上班，没了欢乐也没有闲心，恨不得一下子就富了。

　　哥几个也很少聚会了，原来性格开朗的人现在也有点儿少言寡语了。

　　2014年，国庆长假结束，我从老家甘肃刚回北京，进了家门换上拖鞋，打开饮水机，打算泡壶茶喝。

　　这时手机响了，电话显示名称是钟离，我没有接。过了五分钟，手机又响了起来。

　　前几天钟离发微信说他倒车时不小心撞了腿，第二天肿得不像样子，现在住院了，我还问他严重不，他说："没啥大事。"

　　我说："那我回北京后去看你，你住在什么医院？"

　　钟离说住在"阜外"，我说腿伤了怎么还住阜外，他说这里他熟悉。

　　我知道他说的意思。

我接了电话,那边传来的是女声,她问:"你是大海吗?"

我说:"是我。"

她说:"我是钟离的妹妹,杜苗。"

我说:"妹妹你好,我们见过。"

杜苗说:"我哥走了。"

我一时有点儿蒙了,问:"什么走了?!"

杜苗说:"我哥去世了。"

我一下子不知道该说什么了。

我问:"什么时候的事,怎么这么突然?"

杜苗接着说:"后天下午2点,在通州殡仪馆举行遗体告别,你能到不?"

我说:"好,我一定去。"

挂了电话,我坐在凳子上发了一会儿愣。

电话又进来了,来电显示还是钟离。

杜苗问:"你还需要通知谁不?同学、哥们什么的?"

我说:"有,我得通知几个。"

杜苗说:"别通知太多人,我哥哥不喜欢热闹。"话里夹杂着哭音。

我说:"是,我就通知几个同学,钟离想见的几个。"

杜苗说:"好。"然后挂了电话。

我拿起手机,给宁国辉和豹子打了电话过去。

豹子接到电话,说:"大海别胡扯,不开这玩笑,上个月我们还在一起吃饭呢,你又不正经了。"

我说:"妈的,这事能开玩笑?我真没开玩笑,钟离的妹妹通知的。"

豹子说:"我这会儿在东直门医院推一个机器的单子,明儿准时到。"豹子有时候跟着他们公司的销售人员做软件推广的工作。

宁国辉没接到电话，我就给他发了短信，也发了微信，让他看到了立马回我电话。

我们几个人有个微信群叫"我曾仗剑走天涯"，群名字是钟离起的，是我们每个月固定进行一次聚餐的群。群里的渣哥和小羽早就不说话了，估计都换了微信，最静默的是孙红涛。孙红涛不喜欢说话，一年都不会说一句那种，但在朋友圈每个月有一条更新。

我试着给孙红涛发了微信，静静地等着，兴许他最近在北京。

我想了想，又给渣哥和小羽打了电话，电话里都提示已停机，看来这两个人确实都换了电话号码。

我登录了QQ，找到渣哥和小羽的账号，看到他们也不在线，还是发了消息，等他们俩回复。

大概晚上八点的时候，宁国辉回了电话："什么时候的事情啊，大海？"

我说："钟离的妹妹说昨天半夜两点走的。"

宁国辉问："不是腿有毛病吗？怎么人就走了？"

我说："具体情况我没敢多问，明儿去了再详细问。"

挂了电话，我看着群里钟离的微信头像，点了进去，看到一个星期前和钟离的聊天记录。

钟离说不喜欢吃螃蟹，结果客户送了一堆，给我吃。

我有些蒙，怎么好好的一个人说走就走了？

孙红涛的电话是十点打过来的，他说他在外地，现在坐飞机也赶不上了，转过来2000元，让我带给杜苗。随后我把宁国辉和豹子拉了个微信群说了一下第二天的事。

二人都回了"好"。

大概在十一点时，杜苗又打来了电话，说："你们都没车吧，殡仪馆那里不好打车，你们得坐公交车，计算一下时间，别迟到了，下了公交车还得步行三十分钟。"

我立马在网上查询好了线路，发到了群里，说："大家明儿下午一点必须到殡仪馆，见兄弟最后一面，别迟到。"

没过几分钟，杜苗又打来电话，说："要不明天我让人开车在通州北苑地铁站接你们吧。我哥走之前说了，你们一定得到，我不想让他有遗憾。"

我说："我们一定到，不用接，放心好了，你先忙你们的事，家里人都来了吗？"

杜苗说："那就好，那就好。"

这一夜，我没怎么睡，想起2009年钟离先拿了毕业证，提前毕了业。

我记得钟离第一次拿到信用卡，就跑到郊区的学校来请我们几个吃饭，结果外面最贵的饭店也不能刷卡；记得钟离第一次租了300平方米的房子，喊我们几个去看，让我们住，好好享受一下；记得钟离第一次带我们去后海的酒吧，对服务员说"把我存的酒拿出来给我的哥们喝，让歌手给我们唱《曾经的你》"；记得钟离第一次对我们说："哥们我就是传奇。"

第二天十点不到我就从东直门上了地铁，到通州北苑出来后给宁国辉打了电话。

"你出发了吗？"

"我早就到了。"

"在哪里？"

"你往对面看。"

宁国辉穿一身黑衣，站在对面的煎饼摊前吃一个煎饼。煎饼摊左右横着卖包子、豆浆油条、糖炒栗子等的摊位，沿着马路边上横着十几辆摩的，都在大喊大叫。停在远处的无照经营的黑车上空无一人，司机们都站在地铁口吆喝着拉客。在北京每个大的地铁口外，都有这样的标准配置，今天这个地铁口却显得那么不一样了。今天的地铁口过于喧闹，过于嘈杂。

我走过去，问："你怎么到得这么早？"

宁国辉说："你还不是一样。"

"唉。"

"吃一个不？"

"吃不下。"

"还是吃一个吧。"他转过头给摊主说："再摊一个。"

我看宁国辉的头发长了不少，宁国辉穿着西服，三七分的发型，发质很好。这天他的头发很油，贴在头皮上，眼睛上的无边眼镜上有污渍，头皮屑掉在肩上，因为黑色衣服而尤为明显。

宁国辉吃完煎饼点上了一根烟说："大海，咱们中间混得最好的超儿走了，我都有点儿怀疑人生了。"

我说："没想到，前几天还是个囫囵人。"

宁国辉说："可惜超儿这么个人了，老天真瞎了眼。"

我说："你不知道，我这一路坐地铁过来，每个站都能想起和老杜一起的场景啊。"

宁国辉说："给豹子打个电话。"

电话拨出去后提示关机。

宁国辉说："这小子不会有事吧？"

我说："不会，估计是手机没电了。"

宁国辉说："要不咱们就先过去吧，在这里也不好等，去了看看有啥需要帮忙的地方。"

我们在路边拦下一辆出租车，出租车司机问："去哪里啊？"

宁国辉说："去通州殡仪馆。"

司机说："不去。"

我们继续拦了四辆车，司机都说不去。

最后我们决定打黑车，一个光头的黑车司机面不善心善地说："你俩就别耽误事了，这一堆车谁也不会去的，你们赶紧搭公交车去吧，不然都耽误事。"

我们这才醒过来，上了公交车，在车上继续一直给豹子打电话。

公交车颠簸大概四十分钟后报站提示音里面传出"通州殡仪馆"的女声。我们下了车，头顶是一座桥，打开导航找了找方向，从桥的左侧抄近路，通过被人踩出来的土路上登了上去。土路是个斜坡，站在下面看上去就是一个感叹号上面叠着一个省略号，那些脚窝都是被铁锹挖出的，我们爬到桥上发现上面是铁轨。

铁轨像从雾里穿出来的，左右两边都看不到头。

宁国辉现在成了卖保险的，每天穿着一身西服，人模狗样的，哥几个中间唯一会打领带的就是他。

我们翻出铁路的围栏，走到通往殡仪馆的路上，路两边撒满纸钱，偶尔有一两个人蹲在荒草里面烧纸，烧纸的人皆鬼鬼祟祟的。

我们到了大门口，雾更大了，只能看到殡仪馆门口的大石门，往里走，经过一条笔直的大道，两边全是大花坛，进了第二道门后看见并排的几间房子，房子门口都被起了很沉重的名字，后面是一个直入云层的大烟囱。

整个院子里静无一人。

我们又沿原路返回。

我说:"我们去公交车站那里等豹子得了,接上一起再进来。豹子方向感太差,万一找不到耽误事。"

宁国辉说:"行,走。"

回去的路上不太顺,雾太大,我们走错了路,绕到另一个方向去了,折回来耽误了半个小时。

坐在车站的简易座椅上等豹子时,我继续打电话。

宁国辉说:"你说咱们那时候要是不来北京,是不是钟离就没这事了?"

我说:"超儿一定会来北京的,他来北京是必然的。"

宁国辉说:"也是,那小子不可能不来北京的。就像咱们都会来北京。"

这一块地方和北京市区呈现相反的样子,我们坐在椅子上半个小时也没看到一个人,树木的叶子比城里的要绿,鸟叫声也多了。

我说:"你工作怎么样?"

宁国辉说:"换到西单一楼里了,天天打电话,说不定哪天打到你的手机里,你挂了的那个人就是我,没天明没黑夜的。"

我说:"那我以后对打电话推销保险的人热情点儿。"

豹子的电话终于打了过来,他说:"没电了,都没注意看手机。"他说才上地铁,因为早上出门时家里的防盗门不知道被哪个孙子磕坏了,他一直出不来。豹子预计还有一个半小时才能到。宁国辉拿过去手机,给说了线路,让别打车,打也打不到,直接坐公交车来。

太阳倒是会选时候,快到下午一点时才露面,我和宁国辉坐在椅子上有点儿困了,天气暖暖的,一辆车一辆车地等着豹子,最后我们开始打赌豹子是从过来的第几辆车上下来。

我们各自猜了三盘,都输了,豹子这个平时鬼机灵的人,这时候倒让人操心了。

这次是杜苗的电话来了,她问:"你们到哪里了?"

我说:"已经到了外面的公交车站,等另一个人,齐了一起进去。"

杜苗说:"海哥,有件事还得麻烦你!"

我回:"你说,你说。"

杜苗说:"我哥的现任女友和四个前女友都来了,我怕一会儿有乱子。"

我说:"这局面可真复杂。"

杜苗说:"我爸妈在伤心头上,别让她们给我们添堵。"

我说:"我认识其中两个,那两个交给我。"

杜苗说:"那行,其余的我找人也盯住。"

我说:"行,岗位责任制,就不会有事。"

豹子从公交车上下来时,时间已经到十三点四十五分了。

我在之前接了杜苗的三个催促电话。最后一次我没再好意思接,直接回了微信说:"马上就进去,抱歉。"

我们三个急匆匆地跑步赶到礼堂门口,院子里各个角落散落着人,多数戴着墨镜,我也没仔细辨认都是些什么人。我们三个赶忙跑到杜苗跟前,说:"我们都到了。"

杜苗说:"你们到了。那咱们就可以开始了。"

她转身对工作人员说:"咱们开始吧。"

礼堂里,钟离脚冲门口躺着,看不见脸,所有人站在遗体的脚前面,排成了三排,司仪说了一些流程式的话,我没听进脑子里,只是眼直勾勾地看着躺着的钟离,想看清他的脸。

司仪讲完后,杜苗含泪读了一份很长的悼词:

钟离,生于 1987 年 10 月 2 日。

以下内容是从他的日记本里找来的：

大家好，像你们一样，我这样的经历似烙在我们成长的轻狂无知而又旺盛的记忆里。

1岁时，我忙于吃奶光顾着尿床，这好像很专业，并不需要怎么学习，而且乐此不疲。

2岁时，我会站着撒尿了，但还是弄不明白这东西应不应该尿在床上，没有理论依据。

3岁时，其他人去一个叫幼儿园的地方，我学会了抓蚂蚁玩，也知道蚂蚁其实也不好惹，会咬人的。

4岁时，我把邻家小妹的辫子揪了，人家的家长找上了我的家长。

5岁时，我把一个小子的头敲烂了，知道血是红的。

6岁时，我和邻居家妹妹比赛写数字，写到99时，不知道下一个是多少，哭了，丢死人了。

7岁时，爷爷带着我去学校报名，校长说我太小了，明年再来。我一个人跑出学校，硬是没有哭。

8岁时，我考了全班第一名，戴上了红领巾，但很讨厌每周一的升旗仪式，很同情在国旗下听校长讲三个小时话不准上厕所的同学们。

9岁时，我知道女孩们有时也打人，说脏话。

10岁时，我立志要成为数学家，因为考了两年时间的数学满分。

11岁时，我收到一个女孩的信，上面的字写得一点儿也不好看，我将信扔到垃圾箱里了。起初想随手扔到地上的，可我怕老师看见了，要我打扫一个星期的卫生。

12岁时，我考上初中，知道除了数学、语文还要学很多跟吃饭睡觉没有关系但一定要学好的科目。

13岁时，我第一次考试不及格，以后就再也没有及格过，就是英语。

14岁时，我看上了一个女孩，很漂亮，思量很久，写了一封情书，到现在情书还放在我的抽屉里。

15岁时，我梦见自己和一个看不清脸的女生睡在一起，第二天起床发现内裤湿了，马上去找当医生的堂哥，他说以后这种情况会很多的。

16岁时，我第一次喝了一瓶酒，后来又抽了一支烟，从此一发不可收拾。

17岁时，我考上了县重点中学，家里人比我还高兴。然后我发现了互联网的世界，后来觉得自己更适合活在网上，于是天天生活在网吧里。

18岁时，我选择了别人认为没有用的文科，有了个理想，那就是改变世界，并且变态到认为这种人才幸福。

20岁时，我对高考这件事深恶痛绝，最终在考卷上确实没有写出几道题。

21岁时，我到了梦寐以求的北京，在大学里混了三年，来北京那一天买了一包中南海"点八"，后来抽到中南海"蓝色风尚"。

23岁时，我提前拿到了毕业证，出校门把铺盖扔了后，我说："我要在北京闯，要活得惊天动地。"

24岁时，我遇到了第一场爱情。

25岁时，我写了第一个网站，有了第一个用户的那晚，我没有睡着，发现这个用户一晚上发了好多帖子，后来才知道这个人是苏大海，这一年我拿到了天使投资。

26岁时，我拿到了A轮投资。

27岁时，我感觉我不行了，要离开我憎恶又热爱的这个世界了，要离开水深火热的北京了，要离开兄弟们，爱人们，我爱抽的中南海，我爱喝的燕京啤酒，我们的三环大300路公交车，我们深夜喝醉的哭泣，我们白天茫然无措的理想，我们的北京梦。

杜苗读完这些内容，哭得气都连不起来，说："我哥说他是个传奇。我觉得你就是个传奇。"她盯着钟离的遗体大声喊道。

随后，所有人绕着钟离的遗体转了一圈，回到原位，鞠躬，然后人走了一半，余下的人跟着遗体走进火化区。工作人员说："需要两个小时，你们都在外面等吧。"

所有人又都走出去，并排着在墙角立着，这时一个女的扶着栏杆哭得快晕过去了。站在豹子旁边一个瘦得和猴一样的哥们说："这是钟离的现任女友。"

这哥们拿出中华烟，挨个发了一遍，随手还发了名片，走到我身边时说："你就是大海吧？"

我说："是。"

瘦猴说："我叫李小嵩，钟离的哥们。"

我说："你好，你好。"我接过名片，看到上面写着证券公司。

李小嵩说："早就听说你了，我给杜总搬公司时，看到你写的书了。"

我说："钟离还留着呢。"

李小嵩说："杜总每次搬公司都留着你的那本书，就舍不得丢，说是你们大一时你出版的，你们还联合做了图书签售会。"

我说:"是,卖出去三本,正好够我们中午的饭钱。"

李小嵩说:"大作家啊。"

我说:"不大,不大,爱好而已。"

这时候一位妖艳女子走过来,戴着墨镜,胳膊上套着黑色的纱织手套,头发绾在头顶,过来说:"你就是大海啊。"说着她取下墨镜。

妖艳女子接着说:"我是管燕。"

管总比原来长得清秀了,又添了几分魅惑感,但是打扮得有些隆重,显得很臃肿,个子看上去比我认识她的时候高了,但瘦了很多,乍一看像极了关之琳。

我说:"管总,我们很早很早见过一次。"

我想起来钟离曾经说的这位美女。钟离说过,在他后来遇到的女人里,他最喜欢这个,但是和这个就是到不了一块儿,因为她那时候有家了。

钟离是个北京姑娘迷,喜欢北京姑娘的声音,喜欢北京姑娘的性子,喜欢北京姑娘的腰,只要是北京姑娘,他都喜欢。他说他一定要谈北京姑娘,其他地方的概不考虑。

管燕接着说:"我每天听钟离讲你。"

我说:"我也听钟离讲过你。"

管燕说:"他讲我什么?"

我说:"讲你的好多事。"

管燕说:"看来他把你当真朋友。"

我说:"为啥这么说?"

管燕说:"他从来不把我介绍给他的朋友们,只是每天给我讲你们的事。"

钟离是想回老家的,最后他的骨灰被送上了一辆救护车。救护车是钟离的父亲从老家喊来的,钟离上车后,司机在车四周洒了白酒,就出发了。

车启动时,警报响了一下,好像就在那几秒里,救护车就消失在了世界中,像进了时空隧道,瞬间不见了。

等我反应过来,那条路上已经空空荡荡的。

豹子站在路边说:"刚才没哭,现在想哭了。"

宁国辉靠在我的右侧,将眼镜拿在手里,捂着眼睛。

前一刻,我离救护车最近,把三个人准备的钱塞给了杜苗。

雾气没了,远处的黑云翻了上来,云层滚着,像被烧开了的水。

我这才看到,门口停了这么多车,一辆一辆地往外开,都各自打了招呼,相互散去。

钟离的其中一个女友和我比较熟悉,叫饶淼,烧菜特别难吃,但是腿长,音色好,之前做银行客服的,后来在派出所认识的钟离。钟离的钱包被偷了去派出所报案,饶淼也遭了贼,同病相怜的两个人,可能是惺惺相惜吧,就走到一起了。

我记得钟离第一晚将姑娘带回家留宿时,还跑到我这里问:"有那东西吗?"

我问:"什么东西?"

钟离说:"安全套啊。"

我说:"没准备。"

钟离:"现在去买是不是太耽误事?"

我说:"太耽误事,但也要注意安全。"

那晚我一直听见饶淼哈哈大笑,第二天跑去问钟离,钟离说:"这女孩一激动就笑,搞得我也挺诧异的。"

我之后见到饶淼就想笑,每次饶淼都问:"你笑什么?笑得人家都不好意思了。"

今天,我看见她笑不出来。

饶淼和钟离分手搬出去的那天,我也在,还帮了忙。钟离生气没出去,我帮她把行李搬到出租车上后说:"过几天消气了,就回来吧。"

饶淼说:"这次真分了。"

我说:"怎么可能?又不是第一次。"

饶淼说:"这次不一样。"

我问:"有啥不一样的?"

饶淼说:"钟离好像不喜欢我了。"

我从回忆里出来,看见饶淼走过来说:"好久不见。"

我说:"是啊,好久没见了。"

随后饶淼上了一辆黑色奥迪,过来一个男的,给豹子、宁国辉还有我打招呼。

饶淼坐在副驾驶座上说:"这是我男朋友彭冠军。"

彭冠军也发了名片。他很高,头上打着发蜡,穿得特夸张,裤脚掖在靴子里,肤色白净。

饶淼喊:"加了微信,以后多联系。"然后两个人就走了。

我们三个人往外走,去公交车站,后面上来一辆雪铁龙,一个人从窗子里探出头来说:"哥几个去哪里啊?"是李小嵩。

宁国辉说:"去公交车站。"

李小嵩说:"来,上来,我捎你们去。"

我们上了车,李小嵩又问我们坐公交去哪里。

豹子说:"去通州北苑地铁站。"

李小嵩说:"要不咱们吃个饭,然后一起回市区吧,我借的哥们的车，今天也不着急还。"

我们三个相互看了看，说："行。"

车开了二十来分钟，到了一片居民区，我们找到一家新疆美食，落座后，豹子把酒倒满后说："哥几个往下活啊，好好活啊，要活好啊。"

我们三个人齐声说："好好活。"

我看了一眼李小嵩，他眼里挤出来的一丝余光，像极了钟离。

番外
2016年 独梦

2020年春节期间,张子健并不知道我在回忆我们的故事。我时不时问一些问题时,他一直很认真地回答,还会带着他的两个孩子和我视频通话,每次都开怀大笑。

我问张子健,我们那时候为什么不选择复读,上更好的学校呢?张子健说:"没办法的,彼时彼刻肯定是因为不选择复读是对的。"

我问:"你呢?"

他说:"父母天天吵架,我得选择逃避,他们吵得我都想自杀了。"

我说:"我是在高中的那个环境里喘不过气,当然也是在逃避。"

他问:"我们是懦弱的吗?"

我说:"可能不是,可能我们都是不健全的人,早早就被分流出来了。"

他说:"当时就是我们这样的学校拯救了我们,给了我们一条路,只是大家都不愿意承认,觉得羞耻。其实每次现实的出路就只是眼前的那一条,唯一一条,而远处的路在当时是看不到的。"

之前我也断断续续得被勾起一些记忆来,第一次是因为广发银行给我打电话说联系不上钟离,身份证到期了,需要更新了,而钟离写的备用联系人是我。

我说:"他已经去世了,无须更新了。"

第二次是 2016 年夏天的时候，微信提醒一个新朋友添加通知，备注是"北 Y 大校友联络员"。我看头像是个女孩，通过了请求。

她问："您是苏大海吗？"

我说："别您啊您的，是的，你有啥事？"

她说："我在整理优秀校友名单，明年学校要办大庆。"

我说："我怎么还成优秀校友了？"

她说："能联系上的人都叫优秀校友。"

我说："咱们学校还是这么不着调啊。"

她说："咱们学校过几年估计就消失了，你有空了回来看看吧。"

我说："学校门口的西北菜还在吗？"

她说："在是在，但是学校一半已经被北×大收购了，那个门口现在不挂咱们学校的牌子了。学校现在就剩下两栋楼了，其余的楼都被收购走了。"

我问："你叫什么？"

她说："小虫子。"

我说："你还联系上了谁？"

她发过来一张照片，里面表格后面打钩的只有我一个。

我问："其他人呢？"

小虫子说："联系不上，十年了，没换电话号码的人就你一个。"

我说："你可真有本事啊。"

小虫子说："说明你这人不欠人钱，心里不愧疚。"

我说："那倒是。"

小虫子说："下周学校邀请你来做演讲，你给面子嘛？"

我问："讲什么？"

小虫子说："讲讲读书，讲讲写作。"

我说:"我适合讲讲我是怎么一步一步走向失败的吧。"

小虫子回:"可以啊。"

我说:"我对演讲不感兴趣,对你有兴趣。"

小虫子说:"你好讨厌啊。"

我说:"你肯定不是90后,怎么还用'讨厌'这样没有网感的词?"

小虫子说:"人家就是啊。"

我说:"你要是,明晚就出来吃火锅,敢不敢?"

小虫子说:"有什么不敢的?你发位置来。"

那晚的事和大家想的不一样,见了面我才看清,她是我的大学同学冉玥。

冉玥是我们班长得最好看的姑娘,但是最好的姑娘没有被我们班的男生追上,被新闻专业一个叫何树江的小子追到了,我记得这个名字完全是因为我对他充满了诅咒般的恨意。

我记得第一次看见冉玥是一个大清早,校园里还没什么人,我那天饿醒后冲下宿舍楼,看见一个姑娘身子单薄,在风里来回踱步,风给她的头发施了魔法。我站在原地忘记了饥饿,紧接着看见另一个男生宿舍楼里出来一个男生,用胳膊把冉玥夹到腋下,二人像两只蜻蜓在水面上荡漾着远去了。

我是个大俗人,一直对金钱保持狂热的追逐,遇事也是先考虑利益,因此很不喜欢自己。但是钟离正好相反,比我还喜欢钱,但也喜欢自己,非常崇拜自己,恨不得把自己的照片洗好了挂在家里。

我也是个烂人,具体表现在曾经有三次被姑娘邀请去家里玩,我都睡着了,因为实在太贪睡。这三个姑娘最后都对我失去了信心,分别嫁人、出国、整容。我相信我对她们也多少造成了一些心理伤害,给我机会道过歉的,我心里安宁了,没有给我机会道歉的,我至今内心备受谴责。

收容我们的那所学校里的学生都是被生活滞留的人，我们赶上了中国学生数量最多的时间段，好大学扩招也招不进我们，所以我们被滞留在一所看不见未来的大学里。这里的人都相互鄙视，因为大家都不善于考试，个别善于考试的人也是命运不济，各自有各自的失败遭遇，每个人都有一套花样百出、别出心裁的来这里的理由。而我没有理由，我就是真的不善于考试，就像在《肖申克的救赎》里一样，大家觉得自己都没有错，错的是命运，我觉得这是命运对我的惩罚，我可能真是做了什么伤天害理的事情，只是我自己目前不知道。不过我相信某天我会想起来，那时候我也不敢对命运有微词，因为人生的每一步都不是偶然。

虽然大家都相互鄙视，但承受的痛苦是一样的，每个人都惶恐不安，不知道未来会怎么样。每天都有同学离开学校另谋出路，或许早早找到了一条好道结束自己对未来的幻想，投入新生活，或许靠父母翻身再次选择不同的人生，余下在原地不动的人都是出身不好的废物，继续昏昏沉沉地过日子，等待着失败慢慢到来，就像被碾断了的蚯蚓，我们没有任何选择，也都懦弱无能。

那天后来我被冉玥安排的车接到学校，借在几个热门 App（手机应用程序）上发过几篇描写喜剧人物的文章，被他们选中去讲"新媒体时代的非虚构写作"。

在学校最大的礼堂里，底下座位上坐着 600 多名学生，我心生愧疚，将冉玥拉到一边问她怎么来这么多人。她的眼珠子还是那么黑，整张脸藏在一头长发里，厚嘴唇上涂着惊人的红色口红，她说："你看那里。"

我往她指的方向看去，上面的易拉宝上写着《名师讲堂》。

冉玥说："这是学校的名师讲堂，是计学分的。"

我说："完了，我以为你是喊我来凑数的，谁知道你喊我来干的是正事。"

冉玥说:"你也别太当回事,下面的人都是坐在那里打游戏的,没人关心你说了什么。"

我说:"那我就安心了。"

讲完后,我被一个哥们拉着问了好多问题,我想起大一时的我,看见新鲜人也喜欢问好多问题,但是冉玥把那人攮走了,说:"那人是个诗人,但是善于辩论,你们再聊下去就得打起来,他还真打过人。"

我说:"只有我们这样的学校才有诗人。"

后来我们去学校食堂吃饭,我选了一号食堂的三楼,跑到我们经常打菜的那个窗口,看见我们唤成"小媳妇"的邓红梅还在里面打饭。

她笑盈盈地说:"我的天,你怎么来了?"

我说:"我回来看看。"

邓红梅说:"有好些年没来了吧,你都没怎么变。"

我问:"你还都好吧?"

邓红梅说:"好,好,都挺好。"

我打了喜欢吃的青椒肉丝、清炒土豆丝、鸡蛋汤。

邓红梅说:"这是你以前喜欢吃的那几个菜吗?我想不起来了!"

我说:"是的,就是。"

她继续笑。她不再年轻了,脸上添了不少东西,笑的时候透着一种委屈感。我不忍心追问她任何问题,只是脑子里不断闪现张子健当年每天给她发短信的情景。

我坐在那里一边吃饭一边不断向她看去,她也时不时地向我看来,我们好像有好多话要说。我们甚至连个联系方式都没留,因为在那之前,她是固定存在的,在我们的记忆里,我们只要饿了,上三楼就能找到她。可是谁知道呢?生活把我们打了个七零八落,打了个措手不及,我们从来没有一次正式的告别仪式，隆重的仪式在我们这批人身上似乎从来没有。

　　我环顾四周，想起我们最后一次集体回到这里就是拍下了我手机中那张照片的那一趟，而后，我们一个个离开这个世界，离开自我，离开人间。

附：每个人的后来

宋明楚

大二的时候，有一天风极大，躺在宿舍床上都能听见外面的风在哭，我接到宋明楚的电话，他说让我赶紧滚下去，一起去找古雅楠，古雅楠要和他分手。

我说："你分手就分手，折腾我干什么？"

他说必须得我去，是因为我才有了他们后来的事。我说他这是离婚找媒人，缺德玩意儿。

我下去时，看见宋明楚站在风中瑟瑟发抖。

我问："怎么回事？"

宋明楚说，他感觉他的爱情死了，青春也结束了。

我说："你别酸了，说正事。"

宋明楚说："古雅楠要分手。"

我问："理由呢？"

宋明楚说："她的家人让她回家嫁人。"

我说："她没毕业呢，就回家结婚？"

宋明楚说："他们家就这样的习俗。"

我问:"那没办法了?"

宋明楚说:"没办法了,等死。"

我说:"走吧,女人还会有的。"

宋明楚疑惑,就这么轻易走了?我劝他别扯淡了,这事不论怎么样没结果的,索性就干净利索直截了当,别一把鼻涕一把泪地丢人,搞得多大事一样。

宋明楚说:"你懂个屁。"

我说:"老子不懂,你一个人在这里守着吧。"

正这时,我远远瞧见楼上下来一个女的,头发湿漉漉的,待对方走近后看清楚了是古雅楠。

她抱着一只泰迪,递过来给宋明楚,说:"你好好养着吧,对不起。"

宋明楚站在那里哭起来,自习室出来的人都当笑话看。他抱着一只狗,走向男生宿舍,走到他的503宿舍,从此再也不问窗外事和床上事,一心把余生献给游戏事业。

过了一年,他表哥的饲料厂倒闭了,他又变回了一个穷光蛋。

大二结束时,学校对校区进行了大调整,我听说物流学院要去昌平校区了,便去找宋明楚,得知宋明楚已经退学。那个俊朗的青年,对爱情心如死灰,从此杳无音信。

张子健

我上班不久后,张子健因为一个女人的一场恋爱,被十多个人打伤,在自己租住的房子里躺了一个月,最后不辞而别,去了某小城市生活几年后,在武汉成家了,在微信朋友圈里偶尔写诗表达对生活的不满和对妻儿的爱意。

他是我们中间过得最圆满的一个人，2018年来北京培训，是他离开北京后第一次返京。那时他已经是一家公司的部门老大了，我送给他一套民国复刻版的图书，谈到他每天晚上给她女儿讲三个故事，他的女儿已经会自己编故事了。

我听他讲到这些事时有一种我们都有了继承人的错觉，我们的故事有了后续。

我说："你女儿要是有天分，我来养呀，咱们往诺贝尔文学奖上养。"

他说："好，就这么定了。"

吴越

2011年的时候，拿到毕业证不久的我在一个财经杂志社写人物报道，有一天登录QQ，看见吴越留言说她要结婚了，老公是个不小的军官。

我想了半天，回了一句："那时候真对不起，可能伤着你了。"

她回了一句："那时候我也不知道怎么处理感情，你别在意。"

白真

2017年的时候，我登录了一下那个好多年不用的QQ，在QQ动态里看到白真抱着自己孩子的照片，脸庞还是那般俊。

范麦银和谷馨

范麦银后来有了女友，闪婚。这件事还是让我有点儿意外的，他的妻子后来参加了全国一个大型选秀节目成了明星。

2018年我去广州出差，在饭店里，他喝醉了读了几首诗歌，说："我们还是我们，生活让我们必须投降，我们诈降是不行的，必须投降得心服口服。"

这时他已经离婚了，在一家培训机构做讲师，喝到最后他泣不成声。

谷馨多年坚持歌曲创作，在2017年某档互联网音乐节目上露了一下脸，第一轮就被淘汰了，再也没有消息。

贾欣

2016年，我从老家回北京，在高铁上接到一个电话，电话里的人说："大海，我是你的大学同学贾欣，不知道你还记得我吗？"

我在那一刻眼泪奔了出来，我心里想，我怎么不记得你呢？你的名字的一笔一画都在我的心上啊。

我沙哑着声音说："记得呢，记得呢。"

她说她的老板想出版一本自己的传记，不知道怎么搞。

我说："我来给你联系出版公司，他们能包办。"

贾欣说："我就知道找你肯定没错。"

我说："哈哈。"

贾欣说:"你一直没换过电话号码啊。"

我说:"这不是为了你联系方便嘛。"

贾欣说:"你现在也这么油腻了。"

挂了电话,我想起来,她其实是我暗恋长达四年的姑娘,她在我心里是帮我撑过那段飘零岁月的人,是她的那种踏实感让我觉得这个世界上还有女孩子在等待和守护爱情。

崔胥

2019 年,崔胥已经成为一座小寺庙的住持,时来北京开交流会,一众弟子跟随。他喊我去他们的交流会上学习,那是一次全球规模的学习制香大会,开三天会,接着上三天的培训课。我也借此被熏陶了几天,跟着他们吃了几天素斋,喝了一肚子好茶,学会了制香。

同样是 2019 年,一个新媒体大号联合一家房地产公司推广一个养老的花园式别墅区,我看到海报上的地址写的就是崔胥曾经赞不绝口的地方,可以断定崔胥就是我们中间最懂生活的人。

我感叹,这商机,证明崔胥也是个好商人。

杨歌

在我和杨歌分手后的第四年,她拥有了自己的孩子。我偷偷去她的 QQ 空间相册溜达,她删除了我的所有照片,只留下了她一个人的,但那些照片都是我拍的。

我看着被她刻意删除后余下一半只有她自己的相册,总能想起那时候每个和她在一起的片段。和她在一起,我感觉不到她,感觉到的只有自己,她像个影子,会把人放大,会把所有的东西放大。

(注:文中所有人名皆为化名)

(全文完)

图书在版编目（CIP）数据

永未散场的青春 / 苏先生著 . —北京：北京联合出版公司，2023.4
ISBN 978-7-5596-6635-2

Ⅰ.①永… Ⅱ.①苏… Ⅲ.①长篇小说—中国—当代 Ⅳ.① I247.5

中国国家版本馆 CIP 数据核字（2023）第 025311 号

永未散场的青春

作　　者：苏先生
出 品 人：赵红仕
责任编辑：李艳芬
策划出品：一未文化
版权统筹：吴凤未
监　　制：魏　童
封面设计：辰　星
内文排版：麦莫瑞

北京联合出版公司出版
（北京市西城区德外大街 83 号楼 9 层　100088）
北京联合天畅文化传播公司发行
北京美图印务有限公司印制　新华书店经销
字数 192 千字　880 毫米 ×1230 毫米　1/32　8 印张
2023 年 4 月第 1 版　2023 年 4 月第 1 次印刷
ISBN 978-7-5596-6635-2
定价：49.80 元

版权所有，侵权必究
未经许可，不得以任何方式复制或抄袭本书部分或全部内容
本书若有质量问题，请与本公司图书销售中心联系调换。
电话：010-65868687　010-64258472-800